花間一壺唐詩酒

輕酌一口，便是百味人生

李會詩 著

自序

唐詩的「美」法

在古典文學的星河中，有人不懂宋詞，有人未聞元曲，卻無人不知唐詩。「熟讀唐詩三百首」，是每個學習詩歌的人最初的認知。但唐詩到底美在哪裡呢？什麼是所謂的「詩意」呢？

這個，容我想想——

在唐詩裡，我遇到的詩人形形色色。

我遇到過多情紅顏：「人道海水深，不抵相思半。海水尚有涯，相思渺無畔。」她明知相思無益，卻難抑內心深情。

我遇到過風流才子：「歲暮天寒無一事，竹時寺裡看梅花。」他將風流之情化為短短詩行。

我還遇到過勇敢的將士：「黃沙百戰穿金甲，不破樓蘭終不還。」寒風凜冽，邊境上響起衝鋒的號角；硝煙散盡，卻再也帶不走戰場上的英魂。

當然也有那些絕塵的隱士：「行到水窮處，坐看雲起時。」在山水裡、田園間，闢半畝地，扎兩道籬，清茶淡酒，說佛論道。

我遇見了即將進宮正志得意滿的李白，嚷嚷著「仰天大笑出門去，我輩豈是蓬蒿人」；也遇見了憂國憂民、涕泗縱橫的杜甫，「生女猶得嫁比鄰，生男埋沒隨百草」。

這些詩人多情而又傷感，夢幻卻也真實，他們用詩歌記錄下自己的情感、志趣和生活。讀了他們的詩，覺得他們的故事時而辛酸，時而幽默，像極了我們的生活。

在唐詩裡，我看到詩人的生活簡單而又豐盈。

比如聚會：「故人具雞黍，邀我至田家。」老友相逢，無須客套，山邊有綠樹，院內有清風，杯中有酒，足夠好。

比如相思：「閨中少婦不知愁，春日凝妝上翠樓。忽見陌頭楊柳色，悔教夫婿覓封侯。」當初怪他不上進，可他去建功立業，又慨嘆不能相守。

比如送別：「莫愁前路無知己，天下誰人不識君。」朋友要遠走，可惜無錢買酒，但是不用掛懷。你的襟懷海闊天高，知音不會難求。

比如重逢：「我未成名君未嫁，可能俱是不如人。」年輕時覺得自己如此不凡，再相逢才明白，不過都是在塵世間兜兜轉轉。

比如孤獨：「念天地之悠悠，獨愴然而涕下。」

一千多年前的這些詩歌，古老而又滄桑，說的是遙遠的舊事，但細想來，其中的愛恨悲歡，都是那麼熟悉。他們輾轉反側的感情，耐人尋味的遺憾，都跟今天的我們沒有分別。

這樣想來，唐詩真是無比美好的。詩人們以自己短短的一生，用凝練的文字，寫下穿越千年卻依然能夠打動我們的詩篇，本身就是神奇的。所以我在寫作這本書的時候，盡量增加了些人們喜聞樂見的八卦或鮮為人知的掌故，希望能夠將那些憂傷的或者有趣的小故事寫出來，以主題的形式呈現一篇篇唐詩解說實錄，讓讀者能更加真實而又全面地感受唐詩的魅力。

在這次的穿越之旅中，有春天的江水、夏天的晚風、秋天的清酒、冬天的香茗，詩人們帶著唐代的時光、各自的故事、無盡的詩意，走進我們忙碌的生活，訴說那些悠久的傳奇，滋潤我們的心田。

觀花時滿心歡喜，讀詩後滿口留香。

這就是所謂的「詩意」吧。

目錄

第一章　詩酒話風流　011
唐詩的刺青　012
另類詩風的逆襲　019
居家旅行之必備佳品　027
花式炒作的先驅們　033
杯酒尚滿，離歌不散　041
故鄉與遠方　048
第二章　唐代仕女圖　055
後妃多才俊　056
女皇的憂傷與囂張　063
皇室公主風流史　071

千秋絕色，萬古留名　078
宮花寂寞紅　084

第三章　最浪漫的事　091
恰好一見鍾情　092
一紙情書，無盡流年　098
長相思兮長相憶　104
超完美愛情　111
好花易落，紅顏早凋　118

第四章　文癲武狂　125
少年氣，俠客夢　126
從軍行，鐵血柔腸　132

塞外情，奇絕多美景 138
和平心，列國自守邊疆 144
文士膽，業就何須身後名 151

第五章 常情也動人 159

草木心聲，志士情懷 160
古往今來皆寂寞 167
君子之交，手足之情 174
美景與深情 181
今夜月明人盡望 188

第六章 舊時光的滄桑 195

年年花開，歲歲雁回 196

最美是春華 201

唯見秋心不見愁 206

黃昏之美 213

不負好時光 220

第七章　人生悽苦 227

為君苦，賠了夫人又折兵 228

和親苦，青春韶華碾作土 234

仕途苦，可嘆人生虛功名 241

征程苦，一將功成萬骨枯 247

春閨苦，相逢只能在夢中 253

古人苦，歷史從來多遺憾 259

百姓苦，世間空餘逃亡屋 265

第一章　詩酒話風流

唐詩的刺青

古代酒樓沒有霓虹閃爍，也不掛木質牌子，只在門外掛面酒旗，酒樓也因此被喚作「旗亭」。

在通信不發達的年代，酒樓是送往迎來的驛站，也是八方情報的集散地。人們從這裡啟程，到這裡送別，在這裡飲酒，來這裡休憩。唐人亦不例外，他們在酒樓暢飲，也在此暢談。

開元年間的某天，冷風呼嘯，雪花紛紛，酒旗隨風飄擺，三位好友相約到酒樓飲酒，暢聊他們的共同愛好——詩歌。當是時，許是風大雪緊，忽然進來一群歌女，她們青春正盛，姿容美豔，原來是到此聚會飲宴。

時人不知，一則唐代最有名的賽詩故事即將上演。

先說此三位好友，乃是唐代著名詩人王昌齡、高適和王之渙。詩歌是他們共同的愛好與話題，風雪間，小酌相聚，談笑風生，甚是開懷。恰逢歌女獻唱，三人頓時來了雅興。於是互相打賭：「我們幾個人平素都自覺頗負詩名，但始終難分高下，今日不妨較量一番。我們在這裡暗中觀察，看這群歌女唱誰的詩作多，就說明誰的詩更好，更受喜歡。」

唐詩在唐代是可以演唱的，詩作本身可以作為樂曲的歌詞來欣賞。按唐代風俗，歌女們一般演唱的是五言或七言的唐詩，所以三位詩人彼此默認，能據此看出詩作的接受度與流行度。

不一會兒，有位歌女起身唱道：

> 寒雨連江夜入吳，平明送客楚山孤。洛陽親友如相問，一片冰心在玉壺。（王昌齡〈芙蓉樓送辛漸〉）

這首詩不像普通的「送別詩」那樣極力渲染離情的苦楚，而是採用「寒雨」、「孤山」來烘托自己的孤獨。詩人並不直說自己思念朋友，卻想像著親友對自己的思念和問候，於是叮囑：假如洛陽親友問起我的近況，一定要告訴他們，我的心依然像冰一樣純淨，像玉一樣高貴。言外之意，並沒有受到世俗生活的汙染。用「懷冰抱玉」來映襯自己高潔的志向，不但給人留下深刻的印象，也暗藏了語言的妙用，確是上乘之作。

王昌齡一聽有人唱了自己的作品，非常高興，用手在牆上畫了道記號：「一首了啊！」

過了一會兒，又有一個歌女站起來唱：「開篋淚沾臆，見君前日書。夜臺今寂寞，獨是子雲居。」正是高適悼念友人的作品五言詩〈哭單父梁九少府〉中的前四句。高適聽到自己的作品被吟唱，也高興地在牆上畫了一道：「也有我一首了！」

接著，第三個歌女起身又唱了一首王昌齡〈長信秋詞〉的四句：「金井梧桐秋葉黃，珠簾不卷夜來霜。熏籠玉枕無顏色，臥聽南宮清漏長。」王昌齡激動不已，趕緊又畫一道：「我，兩首了啊！」

王之渙這個時候有些鬱悶，自負詩名甚盛，怎麼這些歌女竟然都不唱自己的作品呢？王之渙覺得面子上有些過不去，他看看歌女，轉頭對高適和王昌齡說：「你們不要高興得太早，這幾個歌女唱的都是下里巴人的歌詞。你們看那個最漂亮的歌女不是還沒有開口唱嗎？等她開唱，如果還唱你們的，我就甘拜下風，再也不與你們爭長論短。她要是唱我的，你們就得拜我為師。」

話音未落，王之渙剛提到的那位最漂亮的歌女便盈盈起身，她頭梳雙髻，朱唇輕啟：

黃河遠上白雲間，一片孤城萬仞山。羌笛何須怨楊柳，春風不度玉門關。

這首〈涼州詞〉雖是懷鄉曲，卻無半點淒切之音，反而寫得慷慨激昂，雄渾悲壯！「黃河遠上白雲間」開篇起筆不凡，奔湧磅礴的氣勢，逆流而進的氣魄，一座孤城巍然屹立在群山中。羌笛悠悠，傳來的是〈折楊柳〉的曲調。戰士戍邊在苦寒之地，春風不入，思鄉情濃。雖有冷峭孤寂之感，卻無頹廢消極之象。此詩將盛唐人的心態和風貌流暢自如地傾洩在筆端，在唐代便廣為流傳。

詩人們正自逗趣，發現歌女果然唱了王之渙的詩，禁不住撫掌大笑。歌女們不明就裡，趕忙過來詢問大人們在笑什麼。三人高興地說：「妳們唱的都是我們寫的詩！」歌女們一聽，有眼不識泰山，趕緊紛紛施禮，邀請詩人們一起去喝酒。

大家又是作詩又是吟唱，詩酒歡宴，留下了一段佳話。這就是著名的「旗亭畫壁」的故事。

所謂「畫壁」就是指三位詩人用手指在牆上畫記號的事。可見，唐代詩人還是很重視自己作品的接受度的。因為你的詩普及程度越高，流行範圍越廣，接受人群越大，你的名氣也就越大，喜歡讀你詩作的人就越多。某種程度上，這也是一種良性的循環。不過，詩作流傳最廣的，倒並非上述三位。

要說唐代最受歡迎的詩人，恐怕非白居易莫屬。白居易被貶江州後，曾給好友元稹寫信，他說：「這一路從長安到江州，三四千里的路程，遇到了許多的客棧和酒樓。牆上、柱上、船上，到處都有我的詩，男女老少都能夠背誦我的詩。」可見白居易的詩有著最廣泛的群眾基礎。而在眾多白居易的粉絲中，有一個人最為奇特，他對白居易的崇拜有種魔性的瘋狂。

筆記小說《酉陽雜俎》中有所記載，白居易的這個骨灰級粉絲，名叫葛清。現代人為了買簽名書，看首映場電影，聽演唱會，能夠忍三伏耐三九，不畏酷暑嚴寒，為自己偶像的一舉一動搖旗吶喊，偶像的一顰一笑都令其心醉神迷，呈現出迷之瘋狂的狀態。但這些，跟葛清比起來實在是「小巫見大巫」。

葛清對白居易的痴迷簡直到了令人瞠目結舌的程度，他做了普通粉絲無法承受的事情——紋身。古人講究「身體髮膚，受之父母，不敢毀傷」，但葛清為了白居易，居然跑去紋身刻字。他全身刺字，前胸後背，手臂大腿，一共紋了白居易的三十多首詩，幾乎到了體無完膚的程度。

不僅如此，他對這些詩的位置還非常熟悉，別人問起白居易的哪句詩，他隨手一指自己的前胸後背：「你說的詩就在這裡。」別人一瞧，果然是他指的地方。他就這樣背著滿身的詩歌走來走去，很像一塊流動的詩板，因此被大家譽為「白舍人行詩圖」。根據葛清的行為推測，可能他的父母妻兒也都是白居易的粉絲，所以才能理解他的行為邏輯與思想狀態。雖然葛清的行為略顯過激，但還是從側面反映了唐人對唐詩的喜愛和對詩人的崇拜。

當然，無論是浪漫的畫壁，還是驚人的紋身，都是歷史風塵所無法淹沒的精彩，猶如唐詩兩道出色的刺青：一面勾勒出寫詩的動力，一面刻畫出讀詩的癲狂。或許，正是因了這份對詩歌空前絕後的推崇，才有了唐詩日臻完美的發展和綿延至今的可能。

另類詩風的逆襲

唐詩自誕生起，就以「前無古人後無來者」的姿態照亮了兩千年的詩壇，給後人帶來無盡的精神財富的同時，也帶來了創作壓力。

首先，唐詩內容廣泛，幾乎涵蓋了後人所能想到並渴望看到的全部唐代生活圖景。從宮廷貴族、士子大夫到底層勞動人民，從宏大的歷史謎團到細碎的日常瑣事，生活的疾苦、仕途的坎坷、個性的張揚、婚戀的解放，所有唐代生活的風采與頹敗，都被唐詩兼收並蓄，慢慢運化成精神的養分，默默吐露出千年的芬芳。同時，唐詩風格多樣，兼具各種氣質與美感。李白的天馬行空，杜甫的沉鬱頓挫，王維的恬淡悠然，高適的雄渾豪放，陳子昂的孤獨與悲愴，李商隱的朦朧而夢幻……唐詩如光彩的琉璃球，萬千色彩，百味人生，盡在其間。這無疑為後繼者帶來了創作的壓力。就連北宋文學大家王安石都常常感嘆寫詩時無處下筆，「世間好語言，盡被老杜道盡」，「世間俗語言，盡被樂天道盡」。世界上雅致的語句都被杜甫寫盡了，通俗的詞句也被白居易講完了，所以一提筆，就覺得自己的話是多餘的。因為每種經歷和感受在唐詩裡都有描寫，每種風格和特徵在唐詩中都有體現，所以，想要在此中尋求突破，甚至獨樹一幟，實在是常人所不能為。

然而，世事難料！

在唐詩嚴謹齊整的矩陣中，在詩人們苦心鑽研時，一匹「黑馬」憑藉自己獨一無二的詩歌氣質，在中國詩史上脫穎而出。也許有人不知道他的姓名或來歷，但幾乎所有人都知道他那首著名的〈詠雪〉：

江山一籠統，井上黑窟窿。黃狗身上白，白狗身上腫。

這首〈詠雪〉，通篇不著一個「雪」字，卻將雪落大地帶給人的視覺誤差寫得明白無二。先取全景，下雪的時候整個世界白茫茫一片，千里江山看起來都是一般模樣。然後特寫一口井，因為下雪時雪都落到井裡了，所以這口井就變成潔白世界裡醒目的黑窟窿。接著寫靜態世界的動態生物，黃狗因身上的落雪而變成白狗，白狗因雪落在身上而看起來肥胖了許多。整首詩用詞簡單，接近口語，但在構思上還算花了點心思。不過，雖然〈詠雪〉是作者最廣為人知的一首詩，但真正將這類詩變成一種「品牌」並為大家所瞭解的，卻是另外一首。

傳說，那年冬天，有位官員到宗祠祭拜，發現大殿雪白的牆壁上寫著一首「歪詩」：

六出九天雪飄飄，恰似玉女下瓊瑤。
有朝一日天晴了，使掃帚的使掃帚，使鍬的使鍬。

這位官爺登時發怒，祭祀乃嚴肅之事，哪個人如此膽大敢在宗廟上寫這種亂七八糟的歪詩，也不怕祖宗笑話！他立刻下令：「去把寫詩的人緝拿於此，本官要親自審問！」身邊的師爺不慌不忙地站出來：「大人不用找了，除了張打油，誰會寫這種詩啊！」

等張打油被帶來聽了大人一番訓斥後，他搖頭晃腦拒不承認。他辯解道：「大人，我是喜歡胡謅，可也不至於寫出這麼爛的詩啊！」師爺在旁邊一個勁兒地給官爺遞眼色，官爺點點頭：「好，你說不是你寫的，那我考考你。現如今安祿山兵變，圍困南陽，你以此為題來作一首詩。」張打油略略一想，便清了清嗓子，「百萬賊兵困南陽！」大人一聽，點點頭，捻鬚微笑，好，開局氣勢非凡！張打油得意地繼續吟道：「也無援救也無糧。」官爺一皺眉，這詩怎麼轉折得如此怪異，但想想也算勉強可以接受，於是請他繼續念。

恐怕連張打油自己也沒有料到，這一刻的戲劇性轉折將他的作品帶到「傳唱千古」的地步。縱觀詩史，無數詩人為寫出深具個性風格的詩作，絞盡腦汁，耗費畢生心血。清代乾隆皇帝一生筆耕不輟，高產了幾萬首詩，可惜至今無一首流傳。而此時，這位缺乏專業詩歌素養，也毫無高深文化造詣，甚至連明確身分都弄不清楚的張打油，竟然在唐代別立新宗，開天闢地，獨創了一種對後世影響深遠的詩風，實在不得不令人感慨。所謂「有心栽花花不發，無心插柳柳成蔭」大概就是這個意思吧。

張打油胸有成竹，繼續念給在場的人聽：

百萬賊兵困南陽，也無援救也無糧。

有朝一日城破了，哭爹的哭爹，哭娘的哭娘！

全場哄堂大笑！

這「哭爹哭娘」和「使掃帚使鍬」無論是精神實質還是語言風格，簡直如出一轍，深深凸顯出「張打油」的味道。在這場令人啼笑皆非的鬧劇中，張打油成為最大的獲益者。此後他威名遠揚，被後世尊為中國「打油詩」的鼻祖。

很多人聽到「打油詩」這個名詞，總覺得這一定是內容粗俗、語言俚俗、不分平仄、難入大雅的歪詩，但仔細看，也不盡然。一般說來，「打油詩」的首句寫得都不錯，有時不但不俗，而且還很有氣勢。就連張打油的「江山一籠統」、「百萬賊兵困南陽」，也是頗有力量的句子。可惜的是，張打油力有未逮，這種勁道和能力沒辦法持續在詩中留存，所以常常上一句還氣貫長虹，下一句就萎靡不振。整首詩語意雖然還算順承，但意境早已江河日下，截然不同。彷彿上身穿了件筆挺的深色西裝，下身卻配了條花花綠綠的沙灘褲，在極不搭配中，顯出其風趣搞怪的一面。這份輕鬆幽默的「山寨感」，也為一向嚴肅認真的詩歌發展，注入蓬勃旺盛的活力。

打油詩的序幕從此拉開，後世無數文人墨客相繼加入這一詩歌遊戲中，其影響至今不衰。比如唐寅的〈除夕口占〉：

柴米油鹽醬醋茶，般般都在別人家。歲暮天寒無一事，竹時寺裡看梅花。

此詩看似平淡，卻點出日常生活七件事：柴米油鹽醬醋茶。在本應忙碌熱鬧的除夕，唐寅卻說自己歲末無事，閒看梅花。這裡既有不與人同的清雅，也有對坎坷生活的自嘲，雖平白如水，卻很有韻味。

再如鄭板橋的〈贈小偷〉。據說有一次鄭板橋家夜裡來了小偷，鄭板橋聽到聲音後，便念了一首打油詩：

細雨濛濛夜沉沉，梁上君子進我門。腹內詩書存千卷，床頭金銀無半文。

念完此詩後，小偷為鄭板橋的才華所折服，轉身羞愧離開。

另有現代文學家魯迅也曾寫過擬古打油詩〈我的失戀〉：「愛人贈我百蝶巾；回她什麼：貓頭鷹。從此翻臉不理我，不知何故兮使我心驚。」用幽默反諷的口吻，既諷刺了戀人的所謂風雅，又寫出了不解風情的尷尬，讀來活潑可愛，妙趣橫生。

文學家周作人曾說：「思想文藝上的旁門往往比正統更有意思，因為更有勇氣和生命。」這句話用來總結打油詩似乎再合適不過。

正是這種令人捧腹的詩風，別出心裁的歪詩，為萬花齊放的唐詩帶來了活潑輕鬆的色彩。而張打油那勤奮作詩、積極主動冒充詩人的勇氣，正是唐詩在當年深入生活、深入人心的充分顯現。這種怪口味唐詩不但沒被時人打壓，反而流傳後世，這也在一定程度上體現了唐詩的寬厚與包容。

張打油出現在唐朝中期，相傳是位農民，也有傳是城裡的木匠。還有人說，其實是一位姓張的詩人在打醬油的路上創作的這類詩歌，後被人誤傳，以為他本名就是張打油。凡此種種，不管後人如何考據評論，在「打油」的路上，張詩人可說是曾經，始終，並永遠獨領風騷的那一位。

居家旅行之必備佳品

唐詩能夠在唐代成為一種文化潮流，得到諸多追捧與喜愛，與全社會自上而下的提倡關係密切。「楚王好細腰，宮中多餓死。」皇帝的喜好從來都是流行的指標，唐太宗李世民就曾寫詩送給重臣。

李世民早年生活幾乎都是在刀光劍影中穿行，在血腥奪權中險勝，所以對曾毫不猶豫地站在他身旁的臣子，極其信任和器重。同甘共苦的戰爭生活是對勇氣與智慧的雙重考驗。

疾風知勁草，板蕩識誠臣。勇夫安識義，智者必懷仁。（〈賜蕭瑀〉）

李世民的這首詩是送給蕭瑀的。蕭瑀雖為前朝皇室宗親，但對唐朝盡心盡力。

不過蕭瑀性格耿直，屢次與李世民發生衝突，一生被多次罷相。但又因忠誠剛正，不徇私情，幾次都被重新起用，深得李世民賞識。

這首賜詩的大意是：只有在猛烈的狂風中，才知道哪一種草是吹不完折不斷的；只有在亂世之中，才能分辨出誰是真正的忠臣。一介武夫怎麼能夠明白道義與原則，唯有智者才能始終懷有仁義之心。李世民戎馬一生，深知唯有身處逆境時，仍能雪中送炭之人，才算真朋友。其中「疾風知勁草，板蕩識誠臣」兩句最為著名，也算是李世民對自身經歷的智慧總結。

做為一國之君，李世民能夠用詩作為表達感情的禮物贈給臣子，說明詩歌在唐初就已經是一種文化趨勢了。不但知識分子喜歡寫詩來抒發感情，連皇帝也加入寫詩的隊伍。其實不僅是皇帝，從太宗時的長孫皇后、徐惠妃，到女皇武則天，再到玄宗時的梅妃江采萍，很多後妃都有詩作傳世，可謂才女如雲。不僅如此，由於權貴階層的熱衷引導，普通百姓的詩情也極其高漲，人人都以寫詩為樂趣，人人都以懂詩為尊榮。寫詩與讀詩，幾乎變成了人們喜聞樂見的一種生活方式。

垂髫少年寫童年趣事「白毛浮綠水，紅掌撥清波」；耄耋者寫回鄉慨嘆「少小離家老大回，鄉音無改鬢毛衰」；半文盲見雪生情「江山一籠統，井上黑窟窿」；農村婦人也抱怨生活窮苦「蓬鬢荊釵世所稀，布裙猶是嫁時衣」……放眼望去，整個社會都沉浸在詩歌的海洋中，凡能入眼的景物都能入詩，凡所經歷的事情皆能入詩，所有人都不自覺地將愛好轉移到詩歌上來。哪怕不會寫詩的人，對詩歌也是充滿了由衷的熱愛，甚至連攔路搶劫的人都來湊這份熱鬧。詩人李涉就曾遭遇過這樣一場特殊的「搶劫」。

那晚船遇大風，舟停岸邊，詩人李涉和書童提心吊膽地走在荒村的綿綿細雨中。月黑風高夜，殺人放火時。這種前不著村後不著店的地方最容易遭遇不測，主僕二人匆匆趕路，準備找客棧投宿。突然，眼前衝過來一個人攔住去路，說了些攔路搶劫的黑話，大意可能類似「留下錢保住命」等。正在主僕二人嚇得抖成一團時，劫匪看他們穿著不俗，忽然問了句：「你們是什麼人？」書童回說：「這是李涉先生。」

李涉是中唐時期著名的詩人，強盜一聽非常高興：「我知道先生是有名的詩人，久仰大名，如雷貫耳。這樣吧，錢我也不搶了，您寫首詩送給我吧。」李涉一看，情況險惡，不敢不寫啊。於是沉吟片刻，當即寫詩送給強盜：

暮雨瀟瀟江上村，綠林豪客夜知聞。他時不用逃名姓，世上如今半是君。（〈井欄砂宿遇夜客〉）

夜色沉靜，暮雨瀟瀟，村莊荒涼。李涉腦海中閃動著前因後果諸多事情與所有可能，雖面不改色，但為了構思這「保命詩」也算絞盡腦汁。

先說題目，「井欄砂」是地名，「夜客」乃強盜的文雅稱呼，短短幾個字，明確點出了時間地點人物。再看詩作，說自己夜雨孤村中遇到了一位「豪客」。「綠林豪客」是什麼身分大家都知道，這實際暗示了李涉詩的普及率很高，受到了社會各階層人士的喜愛，所以，這位「大俠」也知道李涉的名字。

後兩句寫得就更費心機了。李涉暗想，這詩被強盜拿去後，他如果不高興或者怕我們揭發他，說不定就把我們主僕二人給殺了。所以李涉在這兩句裡安慰了強盜，他說：啊，你不用害怕別人知道你的名字，現在世道這麼亂，像你這樣的人多得很。言外之意是，我肯定不會報官的，這事兒我就當沒發生過一樣！

強盜一聽甚是滿意，覺得至少不用殺人滅口了，當下安心。想想能拿到李涉的一首詩，強盜的心情頗不寧靜，覺得無以為報，就順手送了李涉很多禮物。就這樣，李涉憑藉一首詩，不但奇蹟般地在劫匪面前平安脫險，而且還收獲了不少物資作旅費，實在稱得上古今一大奇談。

一般說來，強盜的目的是劫財劫色，這位中唐的「豪客」卻只劫了首詩。說劫詩也不太恰當，因為他還送了李涉很多禮物，不但沒搶劫成功，反而賠了不少錢，實在有違「職業操守」。當然，這令人啼笑皆非的「事故」也能一定程度反映出，唐人對詩人和詩歌的重視程度相當之高，整個社會都彌漫著崇尚詩歌的風氣，連山賊草寇都在附庸風雅地推崇詩歌。

從皇帝饋贈重臣，到劫匪索要詩作，唐詩簡直成了唐代饋贈親友、結交陌路的最佳禮品。寫得一手好詩好文，更是文人談情說愛、升官發財的必備技能。可以說，唐詩在唐朝儼然是一種時髦的文化潮流，幾乎所有人都走在寫詩或讀詩的道路上。與其他時代的主流文體比，詩歌短小精悍，韻律簡潔齊整，更便於人們的理解與接受，也更利於人們的掌握和詩歌的普及。

所以，聞一多曾指出：「人家都說是『唐詩』，我偏要倒過來說是『詩唐』。」這話倒頗有理，因為唐代的最大特色就是詩歌，那是一個全民狂歡的「詩歌的朝代」，也是一片萬眾矚目的「詩歌的海洋」。

花式炒作的先驅們

網際網路時代的人們都知道「網路聲量」的重要。為了博取關注，吸引粉絲，增加曝光度，從而提升名氣和價值，很多人不惜以各種方式進行炒作，好讓自己登上話題排行榜。但「炒作」一事並不新鮮，古已有之，而唐代詩人尤甚，他們的炒作方式簡直可說是花樣繁多、收益巨大。

先說鼎鼎大名的詩人陳子昂。陳子昂的經歷很有意思，他是先學武，因無意傷人，而後棄武學文。十八歲左右開始讀書，幾年工夫便學涉百家。陳子昂自負有經天緯地之才，但兩次科舉都沒有考中。第二次落第後，陳子昂很失落，於是開始尋找機遇。

有一天，他在長安城閒逛，看到集市上有個人正在賣胡琴，索價上百萬，很多有錢人在圍觀，但因為太貴，無人問津。陳子昂一看，計上心來。「這琴我買了。」

圍觀群眾一看，紛紛表示驚詫，真有人出高價買一把琴？陳子昂買了琴還不走，站在那兒發口頭邀請函：「我擅長撫琴，所以看這把琴非常好就買下了！你們明天都來宣陽里，我組織個宴會，親自為大家撫琴！」大家一聽，好啊，這個熱鬧可沒白看，於是紛紛邀約第二天組團去聽「陳子昂演奏會」。

消息在長安城裡很快擴散開，第二天到場圍觀的人層層疊疊，將院子圍了個嚴嚴實實，密不透風，比前一天集市上看熱鬧的人還多上幾倍。陳子昂一看人來得差不多了，捧著前一天買的琴感慨道：「我是蜀人，名陳子昂，腹有經綸，作百卷詩文而不為人知。至於撫琴，這是樂工的事，我豈能在意這些！」陳子昂說完，把胡琴往地上一摔，摔了個粉碎。這下人群就炸開了，這麼貴的琴陳子昂說摔就摔了，這人視金錢如浮雲啊！陳子昂看群眾情緒激動，知道時機成熟，於是拿出早就抄好的自己的詩文散發給在場的來賓。隨後，陳子昂的詩就被瘋狂地擴散，讓京兆司功王適給讀到了。王適看了之後不住驚嘆：「此人以後是海內文宗啊！」由此，陳子昂爆得大名，再去考試，就進士及第了。

為什麼唐代詩人那麼在乎曝光度呢？簡言之，因為唐人有「行卷」之風。在沒考試之前，大家紛紛將自己的詩文送到名流貴冑家去，如果那些有地位的人能夠欣賞你的詩文，就會推薦你，那麼你考試就會很順利。也就是說，要麼你自己本身就是大詩人，即所謂的「自帶聲量」，要麼你得有「名人推薦」，不然就很難考上進士。所以，陳子昂的摔琴，實在是一次非常完美的自我推銷。

當然，每個詩人所處的時代和地位不同，對事業和生活的期待也不同。但相同的是，他們都需要關注，渴望被發現、被關注、被重用。比如李白，他非常有政治抱負，但始終沒有機會施展自己的才能，所以他也在尋求這樣的機會，只是採用的方法不一樣。

如果說陳子昂的摔琴是烈性行銷，那麼李白的隱居就屬於柔性「炒作」。

中國文人素有隱居的傳統，從陶淵明到白居易，從王維到林逋，隱居的名士非常多，有的因為官場失勢，有的因為厭惡世俗，有的單純因為志趣愛好，什麼情況都有。有的「半官半隱」，像白居易，他自有一番說辭。「大隱在朝堂，小隱在山林」，塵外太寂寞，做官太喧囂，所以他選擇「中隱」，三品閒職，從容優雅，在疲於紅塵和榮華富貴間找個愜意的平衡；像北宋的林逋，梅妻鶴子，一輩子不踏入仕途，對政治生活完全不感興趣。不管怎麼說，隱居本來應該是件低調的事。

但唐代的隱居和其他朝代略有不同。唐人隱居不是為了擺脫名利的煩惱，相反，隱居常常是他們通往名利的捷徑。始作俑者是唐代的盧藏用，他想做官但苦無門路，於是跑去終南山隱居。隨後人們口耳相傳，說終南山住著一位很厲害的人，越傳名聲越大，越傳此人越神乎其神。很快，皇帝得知此事，接著盧藏用就被召回做官，並由此傳下來一個成語——終南捷徑。後人紛紛效仿，連李白都活學活用了這一方法，並努力將其發揚光大！

南京大學資深教授莫礪鋒曾對此有過論述，他說：「李白一生隱居過很多山，足跡遍布東南西北。陝西的終南山、河南的嵩山、山東的徂徠山、江西的廬山都曾是李白隱居的地方。隱居本來是件安安靜靜修煉身心的事情，為什麼要天南地北地來回折騰呢？因為他的目的並不在於隱居，而在於隱居背後帶來的關注。」

李白在每個地方隱居的時間都很短，隱居一陣子就換一座山，用現在流行的話來說，李白的隱居完全就是在「刷存在感」。等到玄宗終於發現這位人才並下詔請他入京的時候，李白就高高興興地放棄了隱居生活，歡天喜地地跑去當官了，還順手寫了首詩表達自己激動的心情。

白酒新熟山中歸，黃雞啄黍秋正肥。呼童烹雞酌白酒，兒女嬉笑牽人衣。
高歌取醉欲自慰，起舞落日爭光輝。遊說萬乘苦不早，著鞭跨馬涉遠道。
會稽愚婦輕買臣，余亦辭家西入秦。仰天大笑出門去，我輩豈是蓬蒿人。（〈南陵別兒童入京〉）

李白作此詩時，已四十二歲，但詩中表現的全然是其率真的性格，喜悅的心境，絲毫沒有中年萬事休的傷感與疲困。烹雞，斟酒，兒女牽衣歡鬧，完全是一派歡快的場景。高歌痛飲，舞劍爭輝，揚鞭策馬，唯恐自己抵京不夠早，上任不夠快。李白心花怒放之際，又想起漢時的朱買臣，不得志時曾遭妻子嫌棄。後來漢武帝賞識朱買臣，封他做了會稽太守！言外之意，那些曾輕視我李白的人，都和會稽愚婦一樣，你們沒想到吧，我今天也要辭別家鄉入長安做官去了！

整首詩表面上描寫的是秋收的歡樂，實則句句寫的是自己的志得意滿：「仰天大笑出門去，我輩豈是蓬蒿人。」最後兩句感情尤其飽滿，仰面朝天的姿態，縱聲大笑的豪爽，我李白又怎麼會是久居草野之輩？那種自信爆棚的感覺被表達得淋漓盡致。雖然後來的事實證明了此時的李白高興得為時過早，玄宗召他入京不過是當作太平盛世的點綴，並非委以重任，但從李白的經歷看，彼時的李白舒心暢快到無以名狀的程度。從天南地北高調隱居的目的看，他總算達成所願了。

其實不只是李白，像王維、孟浩然等許多唐代詩人都曾或長或短地隱居過，並在隱居時期與政壇保持著千絲萬縷的連繫。可以說，唐人的隱居不過是他們獲得功名的終南捷徑，也是他們炒作聲名的擴音器。

但唐人的自薦手法不盡相同，初唐的陳子昂家境富足，故選摔琴；李白素喜俠客，則用隱居。還有中晚唐的一位詩人賈島，他選擇了操作難度較高的「偶遇」。

賈島少時貧寒，落髮為僧。有一天，他去尋訪友人李凝，山路崎嶇，草徑荒蕪，到朋友家時，已夜深人靜。他叩門的聲音驚動了樹上的鳥兒，忽然觸發了他創作的靈感。友人雖然不在家，賈島卻醞釀出一首代表作，就是〈題李凝幽居〉：

閒居少鄰並，草徑入荒園。鳥宿池邊樹，僧敲月下門。
過橋分野色，移石動雲根。暫去還來此，幽期不負言。

賈島寫完這首詩之後，騎著毛驢就回長安了。這位詩人平素愛詩，行住坐臥都想著怎麼寫詩，所以無意似有意，不知不覺地就衝撞了京兆尹的儀仗隊。

京兆尹是當時京師地區的最高行政長官，相當於現在的直轄市市長。按說儀仗隊上街浩浩蕩蕩，百姓肯定是離得遠遠的，偏偏賈島他「不知不覺」地就「恰巧」跟隊伍撞上了。官兵押著賈島去見長官，長官要問清楚緣由。賈島就解釋說：我得了一句詩「鳥宿池邊樹，僧推／敲月下門」。我琢磨不知道是用「推」好還是用「敲」好，所以不小心衝撞了大人！

大人能怪罪嗎？不能啊！唐人上至皇帝宰相，下至強盜土匪，全民愛詩，對詩人非常敬重。尤其這位京兆尹大人，乃是鼎鼎大名的韓愈，既是唐代的政治家，也是名垂千古的一代文豪！韓愈看這個年輕人如此好學，並不怪罪賈島。沉吟片刻，還給了賈島明確的答覆——用「敲」字比較好。於是，「推敲」這個詞就應運而生了。此後，因為韓愈的賞識，賈島不但還了俗，還走上了仕途。這一番「偶遇」當真划算呢！

從陳子昂到李白再到賈島，唐代詩人們對自己的花式炒作可謂費盡心機。陳子昂摔琴爆得大名，李白隱居終得天子召見，賈島誤撞京兆尹得以還俗入仕，每個人都從心所願，收獲了巨大的聲名和利益。可見在唐代的時候，炒作就已經是一門不小的學問。

不過，在談論前人運氣的時候，似乎也不應忘記他們的實力。李白自不必說，陳子昂和賈島的詩也都極具個人風格。所謂實至名歸，說的就是，當實力足夠強大時，機遇總有眷顧你的時候。若實在沒有機會，就自己去製造一個吧！

杯酒尚滿，離歌不散

古人生活雖不及現代便捷，但似乎更有味道，哪怕只是一場旅行，一次別離，也被渲染得滿是憂愁和詩意。一是因為資訊傳播慢，既沒有視訊電話，也沒有社交軟體，除了緩慢而滯後的書信往來，基本很難獲取彼此的消息。二是因為交通不方便，千里迢迢，翻山越嶺，真不知何年何月才能再相見。所以，每到一處，無論是相聚還是別離，大家都非常珍惜。因為此地一別，恐難再見。所以，離別總帶來一些傷感。

關於離愁別緒的詩，唐人寫得很多，當然最著名的就是王維的那首〈送元二使安西〉。

渭城朝雨浥輕塵，客舍青青柳色新。勸君更盡一杯酒，西出陽關無故人。

這首詩描寫的是離別的場景，因為寫於渭城，故又名〈渭城曲〉。

詩作開篇即點出地點、時間和環境。渭城清晨的雨下得不大，剛剛潤溼了地面的塵土，驛館前的楊柳也被朝雨洗得更加翠綠。詩人誠摯地勸朋友再飲一杯離別的美酒，因為等朋友向西出了陽關後，就很難再遇到故友了。臨別之際，千言萬語湧上心頭，又不知從何說起，此時無聲勝有聲，就讓這複雜的感情都融在這杯酒中吧。

這首詩描寫的本是最普通的離別：渭城的早晨，雨後清新的空氣，翠新的柳色，即將遠行的友人。盛唐時，出使西域雖難免跋涉之苦，但也不失為頗有意義的壯舉。所以，此詩雖是尋常離別場景，但言淺而情深，餘味雋永，不但沒有遲滯的苦楚，反而透著絲絲清新的氣息，在一眾離別詩中脫穎而出。

當然，這首〈送元二使安西〉最美妙之處還在於，幾乎涵蓋了唐代送別時的所有詩情畫意。唐人送別，一是柳，二是酒，三是歌與樂。

折柳贈別一直是古典文學的傳統，因為柳的諧音是「留」，所以意在挽留即將遠行的人。頗有每逢「楊柳」，便是離別時刻之意。「楊柳東風樹，青青夾御河。

近來攀折苦，應為別離多。」（王之渙〈送別〉）「年去歲來，應折柔條過千尺。」（周邦彥〈蘭陵王〉）說的都是這個文學傳統。

唐人送別的第二個儀式就是飲酒。

風吹柳花滿店香，吳姬壓酒喚客嘗。金陵子弟來相送，欲行不行各盡觴。請君試問東流水，別意與之誰短長？（李白〈金陵酒肆留別〉）

都知道李白是酒神，喜歡用喝酒來表達自己的感情。清酒、濁酒、烈酒，得意或失意的酒，憂愁或喜悅的酒，在李白的嘴裡都能喝出不一樣的味道。雖然離別在普通人眼裡是令人傷感的，但李白依然能喝出自己的狂放。

風吹起柳花，酒店裡滿屋飄起了清香。店中的侍女榨取新釀的美酒，捧來請大家盡情品嘗。李白性格豪爽，仗義疏財，所以朋友不少。金陵城中許多年輕的朋友紛紛趕來為他送行。李白與朋友們頻頻舉杯，在欲走還留之間，喝盡美酒，吞飲各自的悲歡。此時，酒樓外江水滾滾，李白感慨萬千：「請你們問問這東流之水，和我們綿綿的離情相比，誰更短來孰更長？」

此詩構思巧妙，感情豐沛。本應惆悵的離別，被李白寫得頗為豪放，甚至含著奔湧的快樂，這份風流瀟灑的性格非普通詩人所能及。若說王維的「勸君更盡一杯酒」裡有著細膩的平靜，那麼李白的「各盡觴」中便透著痛飲的歡樂。

除了喝酒，李白另一首送別名篇則寫到了唐人送別的第三個要素：踏歌。「李白乘舟將欲行，忽聞岸上踏歌聲。桃花潭水深千尺，不及汪倫送我情。」（〈贈汪倫〉）李白說，我登上小船剛要啟程時，忽然聽到岸上傳來了陣陣歌聲。桃花潭的水有千尺之深呢，但依舊不如汪倫對我的深情厚誼。這裡的「踏歌」說的就是唐代民間流行的一種唱歌的方式，邊唱歌邊用腳踏地，踩出相應的拍子。

李白在遊覽桃花潭的時候，經常去汪倫家做客，汪倫也常用家釀美酒款待李白，所以二人相交愉悅。等李白臨走的時候，汪倫就帶著村民來為他「踏歌送行」。李白非常感動，寫了這首詩送給汪倫。村民們為了紀念李白，在桃花潭岸邊修建了著名的「踏歌岸閣」。至今，那裡仍是旅遊勝地，遊人如梭。

當然，無論是折柳送別還是踏歌暢飲，都只是送別的形式，而各種形式之間有時也會進行不同的組合。比如〈金陵酒肆留別〉是飲酒，〈贈汪倫〉是踏歌，有時候則既唱歌又飲酒。

勞歌一曲解行舟，紅葉青山水急流。日暮酒醒人已遠，滿天風雨下西樓。（許渾〈謝亭送別〉）

許渾說，唱罷送別的歌，朋友也要解舟遠行了。青山、紅葉，還有湍急的流水，一波波，激起無限深情。送別時喝到微醺，朋友走後，自己迷迷糊糊地睡著了。等到酒醒時分，太陽已經落山，朋友已經遠去。放眼山河，多生惆悵。滿天風雨籠罩下，只有我獨自一人走下西樓。在日暮風雨裡，徘徊出一段孤寂與憂愁。

而其中的「勞歌一曲」講的正是送別時唱歌的習俗。

唐人並非不懂離別的苦楚，此後山高路遠，道阻且長，經年累月，實不知何時才能重逢。但唐代詩人們似乎不願意將這樣的惆悵帶給朋友，他們願意用更積極樂觀的態度面對離別。「與君離別意，同是宦遊人。海內存知己，天涯若比鄰。」這樣的灑脫似乎只有唐代才有。

誠然，分別的剎那，傷感落淚皆為人之常情，但能夠控制自己的感情，隱而不發，哀而不傷，瀟灑地道聲珍重，將杯中酒、酒中情凝結成優美的詩作，傳開去，唱起來，則更為難得。清晨、日暮，長亭、古道，酒樓、江畔，詩人們用自己的詩篇、美酒和歌聲，妝點了一場場送別的盛宴。

那麼，在送別的時候，人們一般會唱什麼歌呢？是的，通常說來，便是開篇提及的王維那首〈送元二使安西〉。因為這首詩裡有送別的柳，有斟滿的酒，還有「不散的離歌」。

渭城朝雨浥輕塵，客舍青青柳色新。勸君更盡一杯酒，西出陽關無故人。

王維此詩一出，人們爭相吟誦。樂人便將此詩譜曲，名為〈陽關曲〉（亦叫〈渭城曲〉）。此後，這首詩便成為唐人傳唱最久、流傳最廣的離歌。據宋代蘇軾記載，因該詩只有四句，所以在唱這支歌時，從第二句開始，每唱一句，便會疊唱此句，是為〈陽關三疊〉。

而今，思及那遙遠的〈陽關三疊〉，在別離的路口，那道不清訴不完也唱不盡的離愁別緒，無限關懷無限情，似乎又在清晨的雨後飄散開。那歌，那酒，那柳，當真浪漫至極！

故鄉與遠方

「露從今夜白，月是故鄉明。」杜甫這句詩自唐代起，已變成中國文化的內在涵養，變成人們心田裡世代流淌的精神傳承。望月思鄉，不僅是時空的距離，也是貫穿古今的內在情思。

「故鄉」是一個模糊而又清晰的存在，到底什麼才最能代表故鄉，恐怕誰也說不清。同姓宗族構成的村落，共同奔跑過的土地，門前那棵粗壯的古樹，上學途經的那條溪流，夥伴們郊遊的某個春天，戀愛時約會過的一位姑娘……故鄉是生命開始的起點，也是未來歲月永遠抹不去的印痕。即便兩個素不相識的人碰面，如果他們來自同一個地方，那麼鄉音鄉情，那份天然的熟悉也會令他們迅速獲得彼此的親近與信任。所以，中國人將「他鄉遇故知」列為人生四大喜事之一，這足見故鄉在人心中的魅力。

可是，假如一個人遇到了自己的老鄉，會問些什麼呢？

無須多想也能猜到。會問當年那個淘氣的同學，現在是不是也同樣娶妻生子，青雲平步；當年那條清澈的小溪是不是還能淘米洗衣；舊日的學堂和年邁的先生是否依然如故……大千世界，人海茫茫，「他鄉遇故知」的概率並不高。真的遇到了，千言萬語，諸事繁雜，一時又不知從何敘說。即便是最會說話的詩人，真的問起故鄉的事，也無非是些家長裡短芝麻綠豆的小事。

君自故鄉來，應知故鄉事。來日綺窗前，寒梅著花未？（〈雜詩〉）

當詩人王維遇到自己故鄉的人時，他開心地問：「你從故鄉來，應該知道故鄉的事情。你來的時候，我窗前的梅花開了嗎？」詩人用最通俗平淡的語言，以最尋常的小事發問，讓人不免思考：離家這麼久怎麼只記得那一株梅花？

故鄉的柳暗花明，青山綠水，像從不褪色的底片，一遍遍在心頭溫習、沖洗，留下如詩如畫的記憶。但記憶中的故事不都是轟轟烈烈刻骨銘心的，也有平凡的、別致的，旁人看來不起眼，卻充滿了自己特殊回憶的小事情、小物件。那窗前的梅花可能只是詩人向來的偏愛，又或者它曾見證了朋友間的一件樂事，也或許它能勾起某次浪漫邂逅的回憶。總之，越是細小的事情，常常越能引發記憶的波動，觸發無限鄉情。

> 獨在異鄉為異客，每逢佳節倍思親。遙知兄弟登高處，遍插茱萸少一人。（〈九月九日憶山東兄弟〉）

在這一年的九月初九，離家在外的王維感觸頗深。在自己的家鄉，重陽這天有許多民俗活動。如今，自己孤獨地客居他鄉，想起遠方的兄弟們，此時他們一定在登高、飲菊花酒，慶祝金秋的豐收，品嘗收穫的果實。「登高」是對生活步步高升的期望，「菊花」是長壽的象徵，九九重陽，久久相聚，兄弟們遍插茱萸，以昭示祛病健身。可惜在如此喜氣的日子裡，卻沒有我的參與。

在這略帶傷感的情緒裡，遠遊的王維發出了這樣的嘆息——每逢佳節倍思親。

只此一句便道出了世代遊子的心聲。當一個人漂泊在舉目無親的異鄉裡，常常會產生莫名的孤獨。萬家燈火時，有沒有豆大的燈光是為自己點亮。倦鳥尚且需要歸巢，何況是一個有血有肉的人。平常的日子也就罷了，在別人闔家團聚的時候，自己卻孤身一人，寂寞將時間的纖維拉扯得分外漫長，每個細小的感受都變得更加清晰。思鄉的細胞開始不斷分裂，擴散出無窮的思念，想故鄉的人事、風物，也想故鄉節日裡瀰漫的熟悉而遙遠的氣息。

唐詩中有許多這樣名垂千古的詩句，辭藻並不華麗，也沒有怪誕或另類的癲狂言語，細究起來，語言甚至都異常樸素、平實。而這些詩作之所以深摯感人廣為傳誦，就是因為其對生活的真誠描摹，對感情的細膩刻畫，對人類共通情感的如實解讀。

有人說，現代生活如此便捷，早已打破了地域的局限，人們可以隨時回到故鄉，那些古老的詩歌已無法再給人提供新的文化給養和情感體驗，它們是泛黃的樹葉、乾枯的老藤，為時代所拋棄的存在。

但事實恰恰相反，正因為科技與時間的快進，才導致生命旅程的加速，令人們還來不及細緻感受生活的美好便匆匆失去了它。二十歲的學子已開始背著行囊異地求學，或者還有更年輕的人，為了生活匆匆踏上遠行的列車，闖蕩精彩的世界。一切都被安排得滿滿當當，從一個城市到另一個城市，求學、就業、跳槽、婚嫁，馬不停蹄地建立新生活的版圖。在這變動不斷的旅途中，是否該靜下來思考，哪裡應該駐足，哪裡需要停靠，哪裡值得懷念？而詩歌，恰好給了人們這樣的空間。

古老的詩歌像一首歲月的抒情詩，它提醒人們在迷茫時發現自己，在告別時回顧過往，在失去時學會珍惜和銘記。

客舍并州已十霜，歸心日夜憶咸陽。無端更渡桑乾水，卻望并州是故鄉。（〈旅次朔方〉）

劉皂說：「我像客人一樣在并州生活了十年，這段時間裡，我日夜想念著故鄉咸陽。」想念自己的故鄉，想念故鄉的親友、故鄉的山水，幾番夢迴，俱是故鄉縹緲的雲煙。歸心似箭，詩人說十年來日日夜夜都在盼著早日返回故鄉。當劉皂終於可以踏上返鄉的歸途，回望并州，忽然驚覺：十年來，并州已經成了自己心中的「另一個故鄉」。

劉皂沒有直說為什麼來到并州，也沒有說為什麼又要返回家鄉。但古往今來，背井離鄉不過都是為理想，為功名，為生計奔波。年深日久，十載艱辛，一無所獲，只得告老還鄉，再渡一次這桑乾河。當他發現自己這濃濃的依戀時，竟然又是與「故鄉」的離別。

世人最珍惜的，都是「得不到」和「已失去」。這份錯亂和痛心正是生活中永遠不可預知的荒謬。

星移斗轉，長河湍流，時至今日，人們仍可通過閱讀古典詩詞來瞭解前人的故事，品咂當下的人生。通過仰望唐朝的天空，來照亮自己的旅程。千百年前的詩句不但沒有隨著時間的推移而風乾褪色，反而化成無盡的詩意滋養了後人的心田。恐怕，這也是唐代詩人們所始料不及的吧。

第二章 唐代仕女圖

後妃多才俊

在歷史的敘述中，唐太宗時期的長孫皇后善良賢淑、高貴端莊、勤儉公正，既是後宮的表率，也是唐朝女人爭相效仿的範本。在眾人的想像中，貴為皇后，必定正襟危坐，不苟言笑，且毫無情趣。但恰恰相反，長孫皇后美豔嫵媚，溫柔細膩，爛漫多情。

上苑桃花朝日明，蘭閨豔妾動春情。井上新桃偷面色，簷邊嫩柳學身輕。

花中來去看舞蝶，樹上長短聽啼鶯。林下何須遠借問，出眾風流舊有名。（〈春遊曲〉）

上林苑的桃花迎著朝陽開得正絢爛，深閨裡的女子心中湧起無邊的春情。這女子風姿綽約，美豔動人。井欄邊的桃花偷取她紅潤的面色，屋簷下的嫩柳也學她婀娜的身姿。她穿梭在花間，看彩蝶飛來飛去；她乘涼於樹下，聽黃鶯婉轉歌唱。何必費力打聽她是誰？她的風流出眾早已遠近聞名。

美景配美人，春色動春情，寫的雖是女子動人的姿色，卻也在舉手投足間顯出其瀟灑和自信。初唐時期，上層貴婦比較推崇東晉才女謝道韞的氣度，所謂「林下風致」既指舒朗的氣度，又含高雅的舉止。長孫皇后此處用典，無論是「林下」還是「風流」都有一語雙關之意，既言美景，亦說美人。而那份遠近聞名無人不知的自信，與母儀天下的身分也極匹配，確是唐代女子的最佳代言。此詩一出，唐太宗也不免連連稱讚。

然而，更值得稱讚的是，如此香豔的詩作，被大方地收錄進《全唐詩》。沒有假託他名，沒有輕視與譴責，也沒有對狐媚惑主的擔憂，大唐以開放的襟懷和氣度，包容了年輕皇后的嫻雅與風流，並保存下至尊紅顏的真容，供後世瞻仰與品評。這是唐朝的開明，也是王朝的自信。

除了長孫皇后外，許多後妃的詩作也得以留存。其中較令人矚目的一位嬪妃，名為徐惠。

徐惠其人，傳說頗多。據聞徐惠四五歲便熟讀「四書」、「五經」，八歲作詩〈擬小山篇〉，歌詠屈原的高潔：「仰幽岩而流盼，撫桂枝以凝想。將千齡兮此遇，荃何為兮獨往。」由此揚名。唐太宗素喜才女，就在長孫皇后過世兩年之後，一道聖旨翻山越嶺來到湖州，召徐惠進宮。

徐惠天資聰慧，勤勉好學，手不釋卷，落筆成文，很得唐太宗喜愛。唐代後妃制度也很有趣，妃嬪們不但有清晰的等級制度，而且跟官員一樣有「官階」。比如武則天，進宮的時候跟徐惠同為才人，相當於五品官階。但直到唐太宗駕崩，武則天依然是五品才人，官階毫無提升，這也是武則天在唐太宗時期不得寵的一個標誌性事件。反觀徐惠，起初也是五品才人，很快被提升為三品婕妤，後又被唐太宗封為二品充容，地位僅次於皇后和妃，位列九嬪，可見唐太宗對徐惠非常寵愛。

據說有一次，唐太宗召見徐惠，結果旨意傳出去很久都不見徐惠。後宮佳麗，哪個不是望穿秋水，日夜苦等皇帝傳召的，唯獨這個徐惠，千呼萬喚，不見蹤影。唐太宗雖然喜歡她，但心裡也有些生氣，正要發火，忽然來了。但來的不是徐惠，而是徐惠的詩：

朝來臨鏡臺，妝罷暫裴回。千金始一笑，一召詎能來。（〈進太宗〉）

詩的大意是，我早早起來梳妝理容，只為了迎接陛下的到來。但是我等了這麼久陛下都不來，等得我心煩意亂，在屋裡團團轉。古人說：千金難博美人一笑，可是陛下讓我等了這麼久，我怎麼會一紙詔書就肯來呢？唐太宗讀完此詩，不但不怒，反而哈哈大笑。都說「女為悅己者容」，明明早上起來就開始打扮苦等心上人，等得心急火燎坐臥不寧。終於等來皇帝的召見，她卻忽然鬧彆扭，嗔怪起他來。可沉浸在愛情中的女人的語言，又豈能是表面字句說的那樣簡單，所以唐太宗不怒反笑。這詩中情味甚濃，乃是徐惠恃寵而驕，欲擒故縱。但這驕傲絕不盛氣凌人，似乎其中還藏著對情感的依賴，對女人情思與情態轉變的細膩刻畫，確為徐惠不俗的「心聲」。

不得不說，這徐惠將「君臣與夫妻」間的感情尺度把握得極好。畢竟後宮美女如雲，徐惠與唐太宗，雖為夫妻，但也是君臣。如果此詩惹太宗震怒，徐惠很可能就此失寵。但她能於感情的間隙中成功捕捉到其中的分寸與進退，實是聰明至極。

徐惠的才華不僅體現在小女人撒嬌邀寵上，她的詩作還體現出一種超越普通女性的睿智和驕傲。

舊愛柏梁臺，新寵昭陽殿。守分辭芳輦，含情泣團扇。

一朝歌舞榮，夙昔詩書賤。頹恩誠已矣，覆水難重薦。（〈長門怨〉）

徐惠自己就是一位宮妃，而這首詩描寫的恰恰也是後宮女性的命運。先是列舉漢武帝拋棄皇后陳阿嬌，後又講漢成帝冷落班婕妤，後宮女性始終無法主宰自己命運的悲劇立刻變得異常醒目。漢成帝當年寵愛班婕妤，甚至讓她同車共輦，但班婕妤以「聖賢之君皆有名臣在側，三代末主乃有嬖女」為由婉拒了成帝的邀約。但賢慧如班婕妤，終究還是落得團扇被棄的命運。而一旦只懂歌舞歡宴的新人得寵，往昔熟知詩書禮儀的舊愛也就變得無比輕賤。整首詩前六句都是講後妃失寵被遺棄的事，雖然用詞講究，對偶精妙，韻律和諧，但從內容來說，總體上還是對女性的同情與對女性命運的悲鳴。

寫到最後兩句，詩作筆鋒一轉，既然舊時恩愛已完全斷絕，那麼想讓失寵的人再回到身旁，就像覆水難收一樣，根本不能實現。這兩句既是對女性命運的描述，也是對自身尊嚴的維護。即便對方貴為天子，女人也不應只是「招之則來，揮之即去」的存在，而應是被珍惜並善待的。

恰恰是這首詩裡隱匿的幽微個性與獨特風采，印證了徐惠在〈進太宗〉的詩裡埋藏的難以令人察覺的獨立和稍縱即逝的情思。她的「一召詎能來」不僅是小女子的撒嬌憨態，也是女性不自覺的平等意識的流露。即便沉溺在愛情的世界裡，徐惠也希望對方能給予自己同樣的理解與尊重。若非如此，覆水難收時，再多慨嘆也是枉然。

可惜，再多的才華，也免不了深陷愛河。唐太宗去世後，徐惠哀傷過度並拒絕吃藥，第二年便仙逝了，死後被追封為賢妃。徐惠明知後宮女性隨時會因失寵而被遺棄，但她依然以整個青春和生命勇敢地投入自己的情感中。一代才女，年僅二十四歲便香消玉殞，終究還是殉了情。

總體說來，無論是長孫皇后還是徐惠賢妃，做為大唐的開國紅顏，她們都用自己的詩篇為初唐的蓬勃生機和粗糲風貌添了不少風韻。她們與其他女子並無分別，地位、尊榮，不過是她們輝煌而短暫的一生最後的陪葬。真正令她們名傳後世的，依然是那些動人的詩篇，以及這背後的諸多傳聞。

女皇的憂傷與囂張

無論當時還是現在，武則天都是人們拆解不開的謎題、頂禮膜拜的「女神」。在男權壟斷一切的歷史暗夜裡，她橫空出世，如燦爛的驕陽，似皎潔的明月，照亮了現實與想像的最遠邊界。

她是唯一被歷史加冕的女皇，前無古人，後無來者。即便後人頻頻模仿，她依然是不可超越的豐碑，無可替代的存在。

自古奇才多異樣。武則天從小就表現出與普通女孩兒迥然不同的性格。古代女子素喜女紅，主要是打發時間，以後結婚也算練了門手藝。未出嫁的貴族小姐整天悶坐在閣樓裡縫縫補補，生活上不接地氣，精神上更是空虛乏味。但武則天從小就不喜歡這些針線活兒，她喜歡跟隨父母外出遊歷。壯美山河開闊了她的眼界，南北文化打開了她的胸懷。在那個女性普遍被「圈養」的時代，武則天在「放養」的教育環境裡自由成長，慢慢確立了獨特的見識、膽魄和才幹。

據史書記載，父親亡故後，武則天辭別寡母入宮，母親非常不捨。侯門深似海，此後母女間尋常見面都變得非常不易；後宮多佳麗，如果不得寵，保不准要受多少磨難。武則天的母親淚水漣漣地望著女兒，這一別，不知何年何月能再見。

此時的武則天年僅十四歲，如花的年齡，如花的容貌，放在普通少女身上定是一番撕心裂肺的掙扎，滿腹前途未卜的恐懼。武則天卻不然，她面無懼色，有著超齡的沉穩和成熟，對母親的軟弱非常不滿：「如今我進宮見皇上，怎麼知道就不是好事呢？妳不要哭哭啼啼的，像小孩子一樣！」就這樣，她帶著無所畏懼的心態，志在必得的自信，邁入了皇宮的大門，也邁入了中國歷史的偉大篇章。

進宮後，武則天被封為五品才人，後宮地位較低。按如今的婚戀眼光看，武則天性情剛烈，霸氣勇猛，跟唐太宗李世民「氣場不合」。

李世民戎馬一生，喜歡的都是些溫婉柔弱的類型。當年長孫皇后陪著他打江山，李世民傷重昏迷，長孫皇后手裡握著包毒藥，哭得跟淚人兒一樣，隨時準備同生共死。李世民醒過來後，感動於這份深情與執著，一輩子都非常敬重長孫皇后。

長子李承乾極不成器，但李世民多年不願將其太子之位廢掉，就是因為李承乾乃長孫皇后所生。可惜長孫皇后早逝，李世民沉痛哀悼後，也便將感情慢慢轉移到其他人身上。但這個人不是武則天，而是跟武則天同為才人的徐惠。

徐惠乃典型江南女子，溫柔清麗似枕邊一朵解語花，很能激起李世民做為男人的保護欲，非常得寵。武則天為此還專門去請教徐惠如何能得太宗歡心。徐惠淡淡地說：「以才事君者久，以色事君者短。」徐惠說的「才」是那些春風難解的少女情懷，舞文弄墨的靈巧心思。但武則天卻誤以為，徐惠所說的才華應該體現在治世才能上。所以說，成功這種事，方向永遠比速度更重要，武則天對才華的「誤解」直接導致了她在失寵的道路上越跑越遠。

比如有一次，李世民問誰能制伏烈馬獅子驄，其他人不敢言語，武則天覺得發揮自己才幹的時候到了，挽起袖子說：「我來！」李世民問她：「妳打算怎麼做呢？」武則天說：「我先拿鞭子抽，不行我拿錐子扎，再不行我拿匕首刺，直到制伏牠為止。」李世民驚得虎軀一震，這哪像個女人該說的話呀，從此不再喜歡武則天。其實李世民和武則天性格有些近似，比如果敢、堅強，如果做兄弟可能還會意氣相投，但做夫妻委實不搭。

跟武則天比較符合「互補原則」的，是李世民和長孫皇后的小兒子李治，他善良溫和，心懷仁愛，是典型的柔弱書生。武則天和李治年齡相仿，二人青春正盛，所以一拍即合，雖然不敢在太宗面前眉來眼去，但私下裡早就情愫暗生。

及至唐太宗撒手人寰，李治（後為唐高宗）終於能「子承父業」接下父親所有的財產，卻發現沒辦法接收父親的女人。因為依慣例，曾被先皇臨幸但沒有誕下子女的後宮嬪妃，就如武則天這種，要被送去感業寺出家為尼，為先皇誦經祈福。起初，李治還時常惦記武則天，但日子久了，也就漸漸淡忘了。

可武則天從未忘記過李治，她不甘心將自己的青春和人生交代在感業寺，這是武則天不曾預料到也無法忍受的未來。她日夜思念李治，等待著李治救她於水火。但此時的李治會不會早已美女環繞忘記自己了呢？在這樣的惴惴不安中，武則天寫下了此生罕見的脆弱：

看朱成碧思紛紛，憔悴支離為憶君。不信比來長下淚，開箱驗取石榴裙。

此時的武則天，雖然年輕貌美，但對未來充滿了迷茫和焦慮。感業寺的晨鐘暮鼓不能熄滅她對愛情的等待和對世俗的渴望。這首〈如意娘〉表達的正是這種情緒。武則天說自己已經看朱成碧、老眼昏花了，這一切都是因為太過思念李治。如果不信，可以打開衣箱去查看，當年滴落在石榴裙上的相思淚，至今痕跡猶在。

武則天性格霸道又善於謀略，一生中多數時間都是將他人生死玩弄於股掌，自己很少有這樣的無助和憂傷。所以，這首詩算是特殊時期的心理寫照。但就在武則天茫然無措備感煎熬的時候，幸運的轉門已悄然為她開啟。

跟所有流行的宮鬥模式近似，李治的王皇后為了跟勁敵蕭淑妃爭寵，決定聯合其他嬪妃共同作戰。當王皇后知道高宗李治對庶母武才人有情時，竟不惜一切代價，策畫安排武則天從感業寺還俗，並親手將武則天送入李治的懷抱。

這一切，讓李治又驚又喜。

但紅塵一番劫難，武則天已對人生和未來產生了新的視角。當李治興高采烈地迎接武則天回宮時，武則天已不再是曾經千嬌百媚的武才人，當然也不再是感業寺裡憂心忡忡的女尼了，她已決心做一個掌控命運、握緊未來的人。後來的晉級眾所周知，武則天先借王皇后的手扳倒了蕭淑妃，然後又借高宗李治踩倒王皇后，終於登頂后位寶座，直達皇權核心領導層。

能夠走到皇后這個位置，對於中國古代女人來說，已經是至高無上的尊榮了，但武則天的腳步似乎從未停止。李治身體羸弱，無心朝政，武則天竟然以皇后身分參政，掌權長達數十年，培養了一批自己的政治力量。及至李治死後，武則天接連廢黜了自己的兩個兒子，終於在各種勢力的推波助瀾下，自立為帝，改國號為「周」。從嚴格意義上講，她等於把唐朝給推翻了。

在古代漫長的歲月中，男人是皇帝，是天，是太陽；女人只能依附於男人存在，是沉默隱忍的大地，是夜晚皎潔的月亮，抑或是微光閃閃的星辰。普通家庭裡，女人尚且要遵守三從四德，要依附父親、丈夫、兒子，更別說是在血雨腥風的天子之家。武則天嫁了兩個皇帝丈夫，廢了兩個皇帝兒子，最後自己當了皇帝，這在中國幾千年的歷史中是不曾有過的挑戰，是對皇權和男權的徹底顛覆。所以，自武則天登基起的十幾年間，整個李唐家族在各地先後舉行過數次起義，反抗武則天的統治，但最後都被鎮壓下去了。

很多史書將武則天寫得殘暴乖戾，彷彿她的統治只有血腥鎮壓和特務告密，但實際上武則天在掌權的幾十年中，採取了很多有利於國家發展的政策。比如：她選賢用能，提拔人才，為後來的「開元盛世」儲備了不少有才之士；她還創建了歷史上著名的流民政策，促進了人口的繁榮。但是，她的才能與智慧並不能抹殺其固執與霸道。她不但要掌控人間事，還要調配大自然的風光。寒冬臘月，一時興起，她竟然喝令百花為之綻放。

明朝遊上苑，火急報春知。花須連夜發，莫待曉風吹。（〈臘日宣詔幸上苑〉）

相傳，迫於武則天的淫威，眾花神接到命令後紛紛開放，唯有牡丹嚴守花令，拒不開花。第二天，武則天盛怒之下令人將牡丹連根拔起，並火燒其根，將之貶往洛陽。其飛揚跋扈的性格可見一斑。

做為中國歷史上唯一被承認的女皇，武則天是神一般的存在。她從古代社會地位極低的女人，最終變為至高無上的女皇，並在年老後實現了政權的平穩移交與過渡，實屬古今一大奇觀。對修書的史官來說，如何評論武則天一直爭議不斷。但這種局面，睿智如武則天似乎早有預料。她立下無字碑，生前死後事都任由後人評說。所謂不著一字，盡得風流，這是武則天的通透，也是她的瀟灑。

他們相遇的時候，她身著華服，端莊秀麗、溫柔文靜，透露出大唐的從容與優雅，而他被熱烈的乾陽烤得皮膚黝黑、體格健壯，連帶眉宇間的神采，都顯示著男子漢的英氣勃發。她跟著他去了遙遠的吐蕃，那裡水肥土美，牛羊成群，只可惜那不是她的祖國。

文成公主雖然不是唐朝第一個和親的公主，卻是歷史上最著名的一個。唐太宗始終相信並堅持實踐著這樣的理念：「一樁婚姻相當於十萬雄兵。」於是，有了一段段和親的故事，也有了唐代公主們的紛紛遠嫁。

然而，童話都是騙人的。那遠嫁的文成公主，不過是李唐王室的宗室遠親，因姓李，被唐太宗在貞觀十四年（六四〇年）封為文成公主。第二年便被遠嫁吐蕃。

畢竟，和親遠嫁雖利於穩定邊疆局勢，但生離即死別，山高水遠，千里迢迢，一去難回，此生幾乎不能再見，難免萬般不捨。因此，那些泣血含淚用以和親的公主，有的並非皇族女兒，只不過是宗族親戚，還有的甚至只是普通宮女，頂著公主的名義出嫁罷了。

像太平公主這種真正的帝女，據說少時也曾受吐蕃點名求婚，但唐高宗和武則天哪裡捨得愛女遠嫁「蠻荒之地」，於是就為太平公主修了一個太平觀，謊稱公主已經出家，藉以逃避和親。等到了十六歲，太平公主就還俗出嫁了。

唐代公主的確可以隨時出家與還俗，對於她們來說，出家不必苦守青燈古佛抑或面壁思過。出家只是一種姿態，一種躲避婚姻的選擇。因為唐代女道士的私生活不但不苦，反而瀟灑又豐富。女道士們的道觀中常常高朋滿座，名流雲集。他們聚在一處吟詩作對，品茗撫琴，當然也免不了觥籌交錯之際的眼波流轉、眉目傳情。唐代諸多才女如薛濤、李季蘭、魚玄機等都是著名女道士，她們才華出眾，風流韻事更是車載斗量。

但公主出家，因為其身分高貴，所以與普通女子還是略有不同的。以最為引人矚目的玉真公主為例，這類公主女冠[1]與普通女道士相比，更富有，更尊貴，更浪漫，也更自由。

玉真公主是武則天的孫女，兩三歲時，其母竇德妃就被武則天祕密處死。她的童年生活，幾乎都是在戰戰兢兢中度過的。在她青春瘋長的歲月裡，所見所聞多為宮廷的血腥爭鬥，親人間的情誼被權力的搶奪撕得粉碎。而那些飛揚跋扈、權傾朝野的公主，比如太平公主、安樂公主等，走到人生盡頭時往往也死得很慘。所以，玉真公主早早便厭棄了紅塵，與姊姊金仙公主一同出家了。

唐睿宗知道她們自幼生活動盪，非常憐惜愛女，於是大興土木，為玉真姊妹修建了豪華的道觀。裡面布置了頗多山水景致，還築有宮殿。道觀修好後，睿宗賞賜了許多能歌善舞的女子去陪伴公主，指派退休宮女們去侍奉公主起居。所有開銷用度一律參照皇家標準。唐玄宗繼位後，因金仙公主和玉真公主乃是他同母胞妹，故依然破例加封。所以這些公主出家後非但沒有經濟損失，反而俸祿豐厚，行動上更加自由。

1 女冠：在道教門中修道的女道士，也稱女官、女黃冠。冠，音同「關」。

公主名為出家，實則在搬離皇宮逃出禁錮後，都過上了逍遙自在的日子。道觀幾乎是她們逃避婚姻、遠離政治的避難所。大門緊閉，觀內一切便與世隔絕。因公主身分特殊，故而前來拜望者川流不息。談笑有鴻儒，往來無白丁。終歲彌漫著絲竹之聲，兼有賞詩之趣，飲宴之歡愉，隨清風蕩漾。整個道觀仙樂飄飄，其中亭臺樓閣金碧輝煌，宛若皇宮別院，令人不勝神往。彼時的公主，真如藝術沙龍的女主持、詩壇文苑的交際花。

因公主年輕貌美，道觀裡又行為便利，花前月下，才子佳人，很快就傳出各種緋聞，公主的情事便也漸漸浮出歷史地表。其中，最令後人津津樂道的莫過於玉真公主和李白的曖昧關係。

所有的捕風捉影都源於一首言之鑿鑿的詩。

> 玉真之仙人，時往太華峰。清晨鳴天鼓，飆欻騰雙龍。
> 弄電不輟手，行雲本無蹤。幾時入少室，王母應相逢。（李白〈玉真仙人詞〉）

這首詩的大意是：玉真仙人，常常去太華峰修道。在她修道的時候，清晨會聽到雷聲滾滾，如震天之鼓，狂風大作，似龍翻雲海。她撥弄閃電也絲毫不會灼傷玉手，騰雲駕霧更是來去無蹤。過不了多久，她就可以成仙得道，到時便會與王母相逢。

這首詩打著鮮明的李白烙印，奇絕的比喻雖有過度誇讚之嫌，但也不失其應有的瑰麗想像。

也許正因為李白稱讚有術，所以玉真公主非常高興，幾次在哥哥唐玄宗的面前推薦李白，終於為他謀得一席之地。也有人考證李白曾幾次入住玉真公主的別墅，二人尋仙悟道，煉丹嗑藥，情誼非比尋常。更有人穿鑿附會，認為「李白與公主的戀情」曾轟動整個長安娛樂界，也令更多詩人前仆後繼地來為公主獻詩。雖多為傳言，但唐代公主們的灑脫和自由可見一斑。

與其他朝代女子相比，唐代女子的婚戀自由度確實較高。「五胡雜居」的生活觀念為人們帶來更寬容更開放的生活態度。唐朝法律明文規定，「不和諧」的夫妻即可離異，「解怨釋結，更莫相憎；一別兩寬，各生歡喜」。這種瀟灑分手並彼此祝福的態度非其他朝代所能比。在這樣的時代背景下，公主們出家還俗或再嫁這種事也都不再稀奇。

至於公主女冠們，是暫時性出家以躲避婚姻，還是永久性出家以遠離政治，其實並不重要，重要的是一種生活方式，以及由此產生人們喜聞樂見的各種桃色事件。

相傳，玉真公主晚年在安徽敬亭山修煉，而李白也住在安徽，並多次赴敬亭山拜望玉真。到底是李白感激玉真當年的舉薦，還是有什麼未了的情愫，外人便不得而知了。後人只能透過李白的詩句，尋找些當年的蛛絲馬跡。

眾鳥高飛盡，孤雲獨去閒。相看兩不厭，只有敬亭山。（〈獨坐敬亭山〉）

有人說，李白一生漂泊，晚年獨坐敬亭山，抒發了自己的不平和落寞，也在自然的懷抱中求得了安慰；也有人說，李白最後的這段時光，早已淡泊名利，超脫塵世，相看不厭的不是敬亭山，而是在山中修煉的玉真公主。凡此種種，皆為推測，無從考證。但也有可考之事：

西元七六二年，玉真公主葬於敬亭山；同年，李白病逝，葬於敬亭山下的當塗縣。

千秋絕色，萬古留名

唐代宮廷女眷們參政議政的熱情空前高漲。先是長孫皇后完整參與了唐太宗發動的系列奪權運動，後有武則天萬丈雄心改寫歷史並終成帝業，繼而有唐代公主們熱情追求權力的魔杖，這些都是其他朝代所罕見的。在風雲變幻的政壇角逐中，她們積極發揮自己的才能，在唐王朝血雨腥風的時代裡乘風破浪，前仆後繼，為歷史增添了一道道光彩。其中也有例外，比如楊貴妃，她本無子嗣，也不必去爭奪皇位，但最後還是死在了權力的漩渦中。

世所公認的是楊貴妃的美貌。相傳，楊貴妃剛進宮時，發現後宮美女如雲，自己根本無緣見到皇上，所以終日愁眉不展。為了打發寂寞時光，她便去御花園賞花，無意中碰到了一片葉子，葉子立刻捲了起來。現代科學發展到今天，人們當然知道這是含羞草適應自然的應激性，但放在唐代，這絕對是奇談怪事了：楊玉環美若天仙，足令花草自慚形穢，低眉折腰。宮女們奔相走告，唐玄宗很快得知此事，馬上召見了這位「羞花美人」，見其姿容顏色果然傾國傾城，立刻封其為「貴妃」，由此才譜寫出「三千寵愛在一身」的後續故事。

當然，僅憑唐代的八卦，根本無法使楊玉環的國色天香流傳下去，因為再漂亮的美人，也終有遲暮的那天。好在唐玄宗「心懷天下」，為了炫耀自己擁有天下最美的女人，為了讓貴妃之美四海揚名盡人皆知，他真是絞盡腦汁。

天寶二年（七四三年）春，機會終於來了。

那日，唐玄宗帶著楊玉環在沉香亭賞牡丹，鮮花簇擁著美人，美人比鮮花還嬌豔，唐玄宗情動興起，於是派人宣翰林供奉來作些新樂章。來人正是四十二歲剛入翰林的李白。

李白當年受玉真公主的舉薦入翰林，懷揣滿腔濟世救民的理想，認為終於可以一展抱負，結果發現，玄宗不過將他當作盛世明主的政治點綴，所以他也很失望。但既然應召來寫，便要寫出新意。所謂天才大抵就是，他信手拈來便能語驚四座的作品其高度和水準是別人冥思苦想都無法企及的。

楊貴妃的美貌確實出眾，但將其捧上「古典四大美人之一」寶座的功臣，非李白莫屬。畢竟，貴妃歷朝歷代皆有，李白卻是獨一無二的存在。就這樣，借李白之手，後人至今仍能領略貴妃當年的神采。

雲想衣裳花想容，春風拂檻露華濃。若非群玉山頭見，會向瑤臺月下逢。
一枝紅豔露凝香，雲雨巫山枉斷腸。借問漢宮誰得似，可憐飛燕倚新妝。
名花傾國兩相歡，長得君王帶笑看。解釋春風無限恨，沉香亭北倚闌干。

李白的這三首〈清平調〉自問世起便好評如潮，雖為奉承之作，但字字香軟，句句濃豔。忽而寫花，忽而寫人，由識人而喜花，由愛花而讚人，語意平淺卻含義深遠，實為描摹容貌之傑作。

第一首寫楊貴妃的美，說她美得如瑤池仙子。衣袂飄飄如雲霞曼妙，容顏嬌媚似牡丹盛放，顧盼生姿，宛若天人。第二首寫楊貴妃得寵，說即便漢成帝時最得寵的絕代佳人趙飛燕，都要倚仗新妝才能跟楊貴妃比美。言外之意，楊貴妃天然美貌足以完勝趙飛燕。趙飛燕是漢成帝的第二位皇后，而唐玄宗在廢黜王皇后以後，沒再冊立皇后，楊玉環恩寵正盛，其後宮實際地位也相當於皇后。李白在盛讚其美貌的時候，也順便稱讚了她的地位，可謂構思精妙。第三首將牡丹的嬌美和美人的傾城都揉進君王的眼中。在這爛漫的春色中，君王哪裡還能有什麼煩惱，沉香亭北，君王含笑，正與貴妃雙雙倚闌賞花。

清代沈德潛在《唐詩別裁》中讚道：「三章合花與人言之，風流旖旎，絕世豐神。」李白的詩妙就妙在，雖然沒有直寫貴妃的容貌，卻寫盡貴妃的氣韻與風流，因此得到了唐玄宗的讚賞。據傳，楊貴妃也十分鍾愛李白的〈清平調〉，沒事便自己低聲吟誦，含羞帶笑，喜不自勝。

但恩寵也是雙刃劍，既然享受錦衣玉食的無上恩寵，便得負擔「奸妃誤國」的罪名。

安史之亂，唐玄宗率眾逃跑，毫無當年掃蕩宮廷振興皇室的威風。楊貴妃千秋絕色，唐玄宗必然攜其左右而不離。然坊間早有傳言，安祿山發兵原因之一就是搶楊貴妃。貴妃不死，將士裹足，眾怒難平。

三尺白綾，一段深情。再多的不捨，也挽不住她的生命，只能挽出死結，彼此做個今生的了斷。「我的意中人是個蓋世英雄，有一天他會在萬眾矚目的情況下，身披金甲，腳踩七彩雲霞來娶我。可惜，我猜中了這開頭，卻猜不到這結局。」這句話作為貴妃赴死前的心靈獨語，恐怕再合適不過。

兵臨城下，「禍國紅顏」不過是政局動盪、民怨沸騰的炮灰，是戰火硝煙中最為耀眼和醒目的「遮羞布」。風煙散盡後，歷史的真相才慢慢呈現。

馬嵬山色翠依依，又見鑾輿幸蜀歸。泉下阿蠻應有語，這回休更怨楊妃。（羅隱〈帝幸蜀〉）

馬嵬坡前，山色依然青翠。有趣的是，這一次倉皇出逃的依然是皇帝。

黃巢攻入長安，唐僖宗倉皇出逃。詩人羅隱藉此感慨，說唐玄宗九泉之下如果知道今天的事，一定會發出這樣的感慨，這一回可不要再埋怨我的楊貴妃了。

當年，唐玄宗為求自保，以堵眾人口舌，忍痛賜死了楊貴妃。雖說被逼無奈，但總有洗脫嫌疑之感。羅隱假託玄宗口氣來說此事，頗有諷喻之意。楊貴妃作古多年，李氏子孫再次面臨亡命天涯的厄運。只不過這一次，楊貴妃已經沒辦法再充當「歷史的擋箭牌」了。

所謂紅顏禍水，其實一直是歷史的騙局。將貌若天仙的楊玉環賜給壽王李瑁為妃的是唐玄宗；剝奪楊玉環壽王妃資格，令其出家做女道士的也是唐玄宗；下旨讓楊玉環還俗入宮並將其冊封為貴妃的依然是唐玄宗；最後，導致楊玉環橫屍馬嵬坡的還是唐玄宗。面對皇權，一個連自己的命運都無權改變的人，卻承擔了改寫歷史的重任。這虛名，果然擔得蹊蹺！

宮花寂寞紅

當聚光燈打在楊貴妃的身上時，人們只能看到歷史前臺這位明星般的女子，她為楊氏宗親帶來了無限的榮耀與權力。「遂令天下父母心，不重生男重生女。」天下父母都渴望生下這樣的女兒，陪王伴駕，光宗耀祖，滿門加官晉爵，一朝得寵便權傾朝野。她的「神話」令人們眼花繚亂，誤以為每個漂亮的女孩子都會有這樣的命運。

但既然歷史這個舞臺，有明亮的聚光燈、美麗的女主角，也一定會有很多跑龍套的演員。在短暫的一生中，有的人只有一兩句臺詞，而有的人卻連出場的機會都沒有。她們終生都在為自己的亮相而準備，但年復一年，妝容漸老，春秋虛度，大幕卻不曾為她們拉開。她們甚至連舞臺的大小都沒有窺見，就被告知，節目已經散場。

在這場表演中，人們只記住了「三千寵愛在一身」的楊貴妃。她靚絕六宮，舉手投足間都是大唐的富貴與豐盈。然而，卻鮮少有人想起，那籍籍無名的三千佳麗，是如何寂寞並幽怨地度此殘生的。

上陽人，紅顏暗老白髮新。綠衣監使守宮門，一閉上陽多少春。玄宗末歲初選入，入時十六今六十。同時採擇百餘人，零落年深殘此身。（〈上陽白髮人〉節選）

白居易作這首詩的時候，加了小序，說是楊貴妃專寵後，後宮就再也沒有人能夠得到皇上的寵幸。但凡長得有幾分姿色的妃嬪和宮女，都被送往別處幽閉。「上陽宮」便是這冷宮之一。白居易以老宮女的口吻解說上陽宮中的生活，字字寂寞，句句幽怨，如泣如訴，飽含了無盡的血淚和辛酸。

紅顏漸漸蒼老，白髮也在不斷增多，入宮時年僅十六歲，現在已經六十歲了。當年一起進宮的百餘人，現在都逐漸凋零，在寂寞的深宮，只剩下我獨自一個人。

幽閉的宮門重重關上，寂寥的歲月無邊無際。上陽宮並不是輕歌曼舞、歡聲笑語的華美宮殿，而是一座禁錮青春、絞殺熱情並埋葬希望的墳墓，是一座無情無義、無聲無息的監牢。

在這首詩的結尾，上陽人說，現在我的年齡是宮中最大的了，皇帝恩典我，賜我為「女尚書」。但這空空的頭銜對於我來說，又有什麼用？我依然是穿著「小頭鞋」、「窄衣服」的過時了的女人，根本不知道外面已經流行寬袍大袖了。外面的人看不到我也就罷了，要是真的看到了，一定會笑話我，因為我現在的裝束還是天寶末年的打扮。

今日宮中年最老，大家遙賜尚書號。小頭鞋履窄衣裳，青黛點眉眉細長。
外人不見見應笑，天寶末年時世妝。（〈上陽白髮人〉節選）

身為一個落伍者，她被人淘汰的何止是衣著服飾，還有那被忽略掉的四十年青春和夢想。面對無可挽回的明眸皓齒，上陽人並沒有因為自己的過氣而羞慚，相反，她還進行了自我解嘲。可是在這番自嘲中，似乎又帶著深深的苦痛與悲憤。明末大儒王夫之說：「以樂景寫哀，以哀景寫樂，一倍增其哀樂。」含淚的微笑、隱忍不發的酸楚，層層地暈開在整首詩作中。

三千佳麗，被深鎖在上陽宮中，沒有君王的召見，也無法與家人團圓。風霜雪雨裡，她們就這樣不聲不響地凋落成殘花敗柳，聽憑命運的「清場」。就像一場繁華的盛宴，未及登臺，已然散去，空留下，白髮宮女，人老珠黃。

寥落古行宮，宮花寂寞紅。白頭宮女在，閒坐說玄宗。

元稹的這首〈行宮〉和白居易的詩有著相似的內涵，也有著共同的藝術指向和效果。「寥落」、「寂寞」、「閒坐」三個詞，有白髮宮女對歲月的傷感，也有對歷史變遷的無奈。她們回憶天寶舊事，說玄宗，卻不說玄宗的是非功過。弱水三千，只取一瓢飲；佳麗三千，只專寵一人。每個人的青春都同樣光鮮，卻未必能綻放出自己的光彩。

寒來暑往，唯有宮中的花朵年年火紅地開著，而宮女們的烏髮卻早已白如霜雪，再無重返青春的可能。「枯木逢春猶可發，人無兩度少年時。」滿懷希望地入宮，不料被安置在上陽宮，除了遙想貴妃的豐腴，玄宗的恩寵，無數次閃回心中那些不可磨滅的記憶外，她們一無所有。

她們只能寂寞地打發時光，而時光又因這寂寞顯得無比漫長。

銀燭秋光冷畫屏，輕羅小扇撲流螢。天階夜色涼如水，坐看牽牛織女星。

杜牧的這首〈秋夕〉同樣描繪了一幅深宮的圖景。白色的燭光讓屏風上的畫面更添幽冷，深深的夜色，清冷如水。沉浸在這片月光中，遙看牽牛織女星，舉著團扇的宮女正在興味盎然地拍打「流螢」，以此解悶並打發時間。

古人說腐爛的草容易化成流螢，而宮女居住的庭院竟滿是飛來飛去的流螢，足見其荒涼。團扇本是夏天用來搧涼的，到了秋天，氣候寒冷，扇子也就沒有用了。所以，秋天的扇子常常被用來比喻古代的棄婦。宮中夜色清冷如水，不正與這宮中人情一樣涼薄嗎？日子太漫長了，千篇一律的都是寂寞。

但這些從未親近過皇帝的上陽宮人並不是最不幸的。最悲慘的人，是那些曾經受寵後又遭到遺棄的妃嬪。對她們來說，日日被寂寞啃噬的孤獨與悲痛，絕非普通宮女所能想像。

唐玄宗曾百般寵愛的梅妃江采萍就是其一。

相傳，江采萍自幼聰敏過人，九歲便通曉詩文，乃公認的才女。後被選入宮，封為正一品皇妃，因素喜梅花，被賜名「梅妃」。玄宗對其愛若珍寶，梅妃獨得聖寵數年之久。

但玄宗年老後移情，受楊貴妃挑唆，將梅妃發往上陽宮居住。多年的榮寵，令梅妃無法忍受上陽宮的清冷，於是便寫了一首〈樓東賦〉送給玄宗。玄宗看後心有所動，但怕楊貴妃生氣，所以只偷偷地送去了些珍珠。

梅妃大失所望，將珍珠退還，並贈詩一首〈謝賜珍珠〉：

桂葉雙眉久不描，殘妝和淚汙紅綃。長門盡日無梳洗，何必珍珠慰寂寥。

梅妃秉性高傲，詩作裡滿是哀怨。她說自己整日懶得梳妝畫眉，殘妝被眼淚沖下來，弄髒了衣服。既然上陽宮中的梅妃已再不是玄宗你的心上人，你又何必送什麼珍珠來安慰我呢？索性就這樣繼續在孤獨的悲傷中活下去吧。

但與世隔絕也絕非易事。

安史之亂的時候，唐玄宗顧不上帶走梅妃就匆匆逃跑。性格剛烈的梅妃身裹白綾投井自盡以全貞節。也有人說，其實梅妃是被安祿山的士兵亂刀砍死在宮中。而被玄宗帶走的楊貴妃，同樣沒能逃脫命運的詛咒，被賜死在馬嵬坡前。

紅顏薄命，她們向來是盛世的點綴，亂世的祭品。

唐玄宗當年亡命天涯，自顧不暇，後人也只能在零星的史料中讀到這些寵妃的結局。但沒人能猜測到，那被深鎖在上陽宮裡的三千佳麗，在衝開緊閉的宮門，逃出幽閉的監牢後，魂歸何處，又能逃往何方。

第三章

最浪漫的事

恰好一見鍾情

世間愛情的結局千差萬別，但故事的開篇卻同樣浪漫甜美，神采飛揚。如果將熱戀比喻為躁動的盛夏，那麼人生的初次相遇就如早春的桃花，鮮豔柔媚，略帶矜持與羞澀。時代會變，主角會變，但動人的情事從未曾改變。

那年清明節的午後，剛剛名落孫山的唐代詩人崔護，獨自出城踏青。長安南郊的春天，草木繁盛，豔陽高照，桃花朵朵，空氣裡彌漫著融融的春意，崔護不自覺地沉浸在這片無邊的春色中。忽然，他感覺有些口渴，抬頭看，恰好行至一戶農家門外，便輕叩其門，想討一杯水喝。

門裡傳來姑娘輕柔的詢問：「誰啊？」崔護說：「我是崔護，路過此處想討杯水喝。」一農家的大門徐徐拉開，兩顆年輕的心便在明媚的春光中浪漫地邂逅了。

姑娘溫柔一笑，端了碗水送給崔護，自己悄然倚在桃樹邊。崔護見姑娘美若桃花，不免有些動情。可是，即便開放寬容如唐朝，也畢竟是「非禮勿視，非禮勿言」的封建時代，男女之間的禁忌依然頗多。崔護按捺住自己激動的心，將水碗送還給姑娘，道謝離去。在這故事中，姑娘由始至終其實只對崔護說了兩個字——「誰啊」！

第二年的清明，崔護又去南郊踏青。沒人知道他是否想去尋找那曾令他怦然心動的笑容。

後世記載，那日崔護重回舊地，看到門上掛著鐵鎖，便悵然若失地離開。臨走時，寫下一首詩貼在門上：

去年今日此門中，人面桃花相映紅。人面不知何處去，桃花依舊笑春風。（〈題都城南莊〉）

詩的大意簡單美好又略帶惆悵。去年這個時候，我站在這扇門前喝水，看到美麗的姑娘和盛開的桃花交相輝映。今年這個時候，我故地重遊，發現姑娘已不知所蹤，只有滿樹的桃花，依然在春風中含笑怒放。桃花灼灼，所有的明媚都掩不住「佳人難再遇」的惆悵。

在婚戀自由的現代社會，人們已經很難理解初相遇時的那份羞澀與矜持。在「父母之命，媒妁之言」執掌婚戀大權的時代，很多年輕人根本接觸不到其他的異性。除了極其傳統的「表哥表妹，天生一對」這種婚戀模式外，一見鍾情是決定陌生男女能否相知相許的唯一途徑。寶玉和黛玉第一次相見時，彼此心裡都不由一驚，覺得對方十分「眼熟」，倒像在哪裡見過。那些歲月中漫不經心的一瞥，像暗夜劃過長空的流星，光輝無限，餘韻無窮。

當然，邂逅亦有不同。溫柔靦腆如崔護詩中的桃花姑娘，只敢矜持害羞地問聲誰，與愛情擦身而過，而有的姑娘卻敢於直抒胸臆，大膽奔放地說出內心的想法，雖風格迥異，但也不失唐代的直率與豪放。

君家何處住？妾住在橫塘。停船暫借問，或恐是同鄉。（崔顥〈長干曲〉其一）

在這碧波蕩漾的湖面上，年輕的女子撞見了自己的意中人。她爽朗地詢問起小夥子：「你的家在哪裡啊？」還沒等人家回答，便急著自報家門：「我家在橫塘，你把船靠在岸邊，咱們聊聊天吧，說不定還是老鄉呢！」其直白的語言、淳樸的性情將年輕姑娘的瀟灑、活潑和無拘無束生動地映現在這湖面上。與桃花姑娘的嫵媚相比，倒也別有一番質樸和爽朗。

緊接著，小夥子也憨厚地回答了姑娘的提問：

家臨九江水，來去九江側。同是長干人，生小不相識。（崔顥〈長干曲〉其二）

「雖然我們同是長干人，可原來並不認識呢。」詩人崔顥寫的這組〈長干曲〉共有四首，採用問答的形式，鋪寫了青年男女相識、相談、相邀、相伴的全過程。詩中姑娘坦率直白的詢問，體現了其勇敢活潑的性格，也為自己叩開了一扇通往愛情的心門。

這天真樸素而又浪漫熱烈的女子形象，在晚唐時期韋莊的筆下再次出現。

春日遊，杏花吹滿頭。陌上誰家年少？足風流。

妾擬將身嫁與，一生休。縱被無情棄，不能羞！（〈思帝鄉〉）

依然是春暖花開，依然是少年風流。韋莊筆下的姑娘，似乎比橫塘姑娘更敢作敢為。她看中了英俊瀟灑的心上人，便打算以身相許。哪怕有一天被他拋棄了，她對自己的選擇也既不羞愧又不後悔。戀愛自由的熱情，有恃無恐的青春，飽滿豐沛的深情，不計得失的戀愛，很是讓人動容。

春暖花開時，杏花也好，桃花也罷，只希望愛情必經的路上，多些美麗的相逢，少些無奈的錯過。或許，這正是「人面桃花」留給後人的無窮遐思。

不過，崔護的詩寫完後，故事並沒有結束。古人的浪漫永遠超越今人的想像。唐代孟棨的筆記小說《本事詩》中記載了崔護的這一段情。

那日，崔護惆悵題詩後，依然有許多放不下的心事，到底惦念著那位桃花姑娘，所以幾天後又返回南莊。走到姑娘家門口正巧碰到一位白髮老者，老者一聽崔護自報家門，便氣急敗壞地讓崔護抵命。崔護茫然不知所為何事，老者這才哭訴了始末。

原來，自去年崔護走後，桃花姑娘便開始鬱鬱不樂。前幾天，姑娘剛好和父親出門，結果回到家來，看到牆上的〈題都城南莊〉，知道又跟崔護錯過了，頓生哀怨。索性不吃不睡，沒幾天就把自己折騰死了。

崔護聽後，深深地感動於姑娘的深情。他慌忙地跑進屋裡，撲倒在姑娘的床前，不斷呼喚姑娘，喊著：「崔護來了！」這感天動地的痛哭，竟真的令姑娘奇蹟般地死而復生，與崔護有情人終成眷屬。後世《牡丹亭》裡杜麗娘也有起死回生的類似經歷。正所謂：「情不知所起，一往而深，生者可以死，死可以生，生而不可與死，死而不可復生者，皆非情之至也。」

當然，沒有人能證明崔護的愛情故事是否果有其事，但「人面桃花」的明媚和「物是人非」的落寞，卻吟誦出人們對平常生活的感喟。尤其是那初見時的傾心，滿樹盛開的桃花猶如朵朵怒放的心花，開在愛情的枝頭，令人沉醉其中，流連忘返。

一紙情書，無盡流年

愛是如此相似卻又如此不同，有純真也有深沉，有矜持也有大膽，有熾熱也有冷豔，有溫暖也有殘酷。作為表達愛意的情書，也因此顯出各自迥然不同的美感。

卡夫卡的情書、里爾克的《三詩人書簡》等都堪稱世界情書史上的經典。而魯迅與許廣平的《兩地書》、沈從文與張兆和的《沈從文家書》、王小波與李銀河的《愛你就像愛生命》則是中國現代情書史上的佳作。可能是職業的原因，這些作家的情書，讀來不但有強烈的時代特色，也有鮮明的個人風格，筆墨間從容瀟灑，字裡行間滿溢情趣。比如詩人茨維塔耶娃寫給里爾克的情書：「讀完這封信後，你所撫摸的第一隻狗，那就是我。請你留意她的眼神。」簡單的句子立刻令詩人活潑俏皮的形象映入眼簾。

與現代情書的生動有趣相比，古典情書顯得很是沉重內斂，多半寫的是對朝夕相對的生活的某種追憶和珍惜。

白髮方興嘆，青蛾亦伴愁。寒衣補燈下，小女戲床頭。
暗澹屏幃故，淒涼枕席秋。貧中有等級，猶勝嫁黔婁。（白居易〈贈內子〉）

白髮蒼蒼的我只要發出一聲嘆息，我的妻子也便會陪著我發愁。深夜已至，妻子還要挑燈為我縫補衣裳，只有女兒無憂無慮地在床頭玩耍，她哪裡能夠明白父母的困苦。屋裡的屏風已經破舊不堪，望望床上，我們也只有枕頭和席子。這將是怎樣一個淒涼的秋天啊！

詩作結尾，忽而轉入對妻子的安慰：雖然貧窮，但嫁給我比嫁給更窮的黔婁還是要強些的。黔婁乃戰國時期的賢士，家貧如洗，死的時候席子放正了都無法遮蓋全身。白居易用黔婁自比，既暗示了自己「不戚戚於貧賤」的志向，也略帶苦澀和自嘲地安慰著善解人意的賢妻。

白居易因詩聞名，也因那些諷喻時政的詩歌而被貶官。宦海沉浮，仕途不暢，能夠有妻子同喜同憂，快樂可以翻倍，愁苦可以分擔，人生還有什麼更多的奢求呢？所以這雖然只是寫給妻子的一首贈詩，倒也不失為一封真摯感人的情書。那些相濡以沫的支撐，共同歲月的印記，是滄桑人世最寶貴的真情。所以，當光武帝劉秀有意把姊姊湖陽公主嫁給賢臣宋弘時，宋弘謝絕了富貴的垂青，並留下了「糟糠之妻不下堂」的千古金句。

對於仕途挫折往往難以預料、人生常遇顛沛流離的文人來說，能有一位賢妻陪伴，那份理解與支持，實在是難得的精神慰藉。無數個平淡如水的日子，就這樣變得細水長流，不可或缺。

但古人的情書也略有不同。宋代詞人像柳永、秦觀等都喜歡寫豔詞送給青樓歌伎，風花雪月，免不了逢場作戲。唐代詩人羅隱、杜牧等也會寫詩給歌伎，但內容多為遣懷，是為了抒發自己的抑鬱不得志，也是因為同情歌女生活的艱辛。但唐代詩人的情詩大多還是寫給妻子的，其中最著名的便數〈夜雨寄北〉。

君問歸期未有期，巴山夜雨漲秋池。何當共剪西窗燭，卻話巴山夜雨時。

關於這首詩的爭論始終沒有平息，有人說這是李商隱寫給朋友的信，因為李商隱的妻子在他作此詩時已經去世了；也有人說這首詩是寫給妻子的，在〈萬首唐人絕句〉中題為〈夜雨寄內〉，而「內」在古代自然是內人、妻子的代稱。放下這些紛亂的爭論，只看這首詩的內容，確實像是寫給妻子的。

妳問我什麼時候才能回家，我也說不清楚。我所在的巴山，夜雨連綿，已經漲滿了秋池，而我的內心也和這巴山夜雨一樣，淅淅瀝瀝，凝結著思家想妳的無限愁緒。什麼時候才能夠回到家中，和妳一起剪燭西窗？到那個時候再和妳共話這巴山夜雨的故事……

短短的四句詩，第一句回答了妻子的追問，第二句寫出了雨夜的景致，第三句表達了自己的期待，最後一句暗示了如今的孤單。四句話，簡而有序，層層鋪墊，寫出了羈旅的孤獨與苦悶，也勾畫了未來重逢時的畫面，甚至把連綿細雨也寫進筆底波瀾，堪稱篇幅最為簡短而內容又最全面的情書。一波三折，含蓄地描繪了與妻子隔山望水的深情。更引人悲傷的是，李商隱寫作此詩那年夏秋之際，妻子已經病逝。當他在雨夜思念遠方愛人的時候，剪燭西窗已成為永遠無法實現的奢望。

唐人情書因多寫給妻子，所以語言平實質樸，所道皆為家長里短，那份對愛人的細緻關懷，對親人的思念，被襯托得十分深婉動人。

當然，因為詩人性格迥異，所以他們寫出來的情書也必然情態各異。有苦樂參半的白居易，有情思細膩的李商隱，也有率真灑脫的李白。

三百六十日，日日醉如泥。雖為李白婦，何異太常妻？（〈贈內〉）

一年三百六十多日，李白日日醉酒。五柳先生說「造飲輒盡，期在必醉」，李白和他差不多，只要一喝便要盡興，只要盡興便會醉酒。但是宿醉總還是要清醒的，睜開塵世的雙眼，李白就覺得對不起妻子。整天爛醉如泥，害妻子擔驚受怕，覺得非常不好意思。「太常妻」是一個典故，說漢朝有位太常卿叫周澤，掌管宗廟祭祀活動，常常以齋禁之名冷落妻子。妻子顧念他老病之軀，所以來看望他，他不但不領情，還認為妻子妨礙了他職業神聖化，將妻子扭送監獄。李白此處用典，筆法活潑，表面顯歉意，實則幽默。

他給妻子寫情書，說：我憐惜妳呀，嫁給李白也沒什麼好日子過，整天在收拾殘局。明顯有種撒嬌和淘氣並得逞的意思，讓人又氣又愛。李白一生很少寫感情這種小事，他的筆法是宏大廣闊的，說地、談天，名山、大川，講的都是胸襟和懷抱，對於談情說愛和日常瑣碎極少涉及。也因此，這首詩才顯得別具一格，部分地展示了李白為人樂觀富有情趣的一面。

無論是李商隱巴山夜雨的相思，白居易榮辱與共的流年，還是李白酒後猛醒的傾訴，這些情書都深刻地顯現了相濡以沫、與子偕老的深情。不管愛情如何激情澎湃，回到日常，一餐一飯才是生活的真實狀態，只有踏實地活在其中樂在其中，才能修煉出淳樸的美麗的動人的詩一般的生活。

長相思兮長相憶

說到相思，最著名的詩便是王維的那首：

紅豆生南國，春來發幾枝。願君多採擷，此物最相思。（〈相思〉）

紅豆有著大自然賜予的天性：色紅如血，堅硬如鑽。從外形看，也很像一顆小小的紅心。它不腐不蛀，鮮紅亮麗不易褪色，恰恰象徵了愛情的堅貞與恆久。相傳，漢代一位南國女子因思念丈夫，終日以淚洗面。最後淚水流盡了，再流出來的便是滴滴鮮紅的血水。血滴落地，生根發芽，長成參天大樹，結了滿樹的紅豆。因為這是思念的結晶，所以人們把紅豆稱為「相思子」。後人常把紅豆做成飾品，串成手鏈或項鍊，掛在身上，以示相思。王維的詩正是從那遙遠的故事裡走出來的。

紅豆是生長在南國的，不知道春天來了，又會生出多少枝。希望你可以多多地採摘，留著它，因為這紅豆啊，最能惹人相思。王維這首詩句句圍繞紅豆，字裡行間卻傳遞出飽滿的真情，語淺情深，韻律柔美，一問世便成為唐代名歌，被爭相唱誦。雖然王維此詩中的相思表達的並非愛情，而是對彼時身處南國的好友的眷戀之意，但「相思」始終是紅豆的主題。至於〈相思〉的真意，也算是美好的「誤讀」吧。

那麼，究竟什麼才是「相思」呢？是滿城飄飛的柳絮，還是長街濛濛的春雨，那封永遠遲到的情書，已被歲月染黃的照片，抑或僅僅是留在千年歷史中孤獨而風乾的背影？

這是個傳奇而又動人的故事，說曾經有位妻子因為思念丈夫而長久地站在山上眺望。日出日落，月圓月缺，她凝望未來的目光，穿越了時間的塵埃，灑落在愛情的長河裡。花開花落，年復一年，幾千年的時間過去了，她苦苦相思的身影化作了堅固的磐石，變成了一座動人的雕像。

終日望夫夫不歸，化為孤石苦相思。望來已是幾千載，只似當時初望時。（劉

禹錫〈望夫山〉）

時光如靜靜的河流，輕輕流過她的身邊，但相思之情已令她完全忘記了自然的更迭。她遙遙地望了幾千年，卻和當年剛剛站立的時候一樣深情。這份苦苦的相思，讓她的愛情在人們心中化為永恆的磐石。

山河變換，深情依舊。雖然望夫崖只是淒美的傳說，但世間愛情千差萬別，人間相思自然千姿百態。

有的愛靜靜地開在夢中——

茨菰葉爛別西灣，蓮子花開猶未還。妾夢不離江水上，人傳郎在鳳凰山。（張潮〈江南行〉）

去年「茨菰葉爛」時我們在西灣分別，轉眼已經到了蓮花盛開的時候，卻還不見你回來。「茨菰葉爛」應為秋末冬初，「蓮子花開」則已到夏日。詩句只用八個字便完成了季節的切換和時間的流轉。荷花紅綠相映，熱鬧有趣，反襯出當下自己的寂寞和思念之情。古代女子常自稱為「妾」，所以女子又說，心上人令自己魂牽夢繞，自己連夢裡都不離開江水，因為情郎在西灣與自己分別，自是沿江而去，但人們又說他已經去了鳳凰山。關於愛人的消息，真如那散在山中的雲，落在水中的雨，飄忽不定。而她的思念也因此盤山繞水。這首詩看似簡單，卻一唱三嘆，情意綿綿，寫得入情入理，餘味無窮。

有的愛偷偷地藏在占卜中——

偶向江邊采白蘋，還隨女伴賽江神。眾中不敢分明語，暗擲金錢卜遠人。（于鵠〈江南曲〉）

這首詩最細膩之處就在於人物的生動性與場景的真實感。

第一句寫偶爾會去江邊採摘白蘋，也會跟女伴們一起去祭拜江神。但是，女主人公參加的這些活動都是應女伴的招呼而去的，並不是出自本心，她真正的心思是什麼呢？她說，眾人在旁邊的時候，不敢將心事明說出來，只能自己偷偷地在暗地裡投擲金錢，卜算離家在外的心上人。前三句的「偶向」、「還隨」、「不敢」將漫無目的的懶散狀態鋪敘得非常充分，引出的「暗擲金錢」這一動作，便將女主人公天真爛漫又活潑可愛的形象完美地呈現出來。全詩雖然未寫半點情事，卻將那份相思之情寫得極為生動傳神。

當然，這些相思都是細膩綿巧的，雖有淡淡哀愁，卻也含著無窮浪漫，不像李白的相思，清冷孤寂，淒婉悲涼。

秋風清，秋月明，落葉聚還散，寒鴉棲復驚。
相思相見知何日？此時此夜難為情！
入我相思門，知我相思苦，長相思兮長相憶，短相思兮無窮極，
早知如此絆人心，何如當初莫相識。（〈秋風詞〉）

這首詩寫的是懷念戀人的情景。起筆先寫風月，秋天的風淒清冷峻，秋天的夜

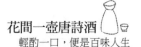

朗月高懸。秋風吹起，落葉在風中時聚時散，飛舞盤旋。秋月朗照，早已棲息在樹上的寒鴉，也被耀眼的明月和陣陣的秋風驚醒，難免發出幾聲驚叫。寒夜生涼，內心生悲。想起相遇相知的人兒，不知道什麼時候才能再相見。如此深切的思念讓我今時今夜情何以堪？走入相思之門，才能明白這相思之苦啊，綿長的相思自然能帶來恆長的追憶，但這短暫的相思也是無止境地延續。早知道相思是如此牽絆人心，不如當初就不要相識！整首詩由秋風、落葉、寒鴉等清冷因素組成，寒夜漫漫，相思無極限，那種恨相思甚至恨相識的心情，悽苦痛楚，的確令人動容。

不過，雖然公認這首詩語意淒涼，感情深沉，我卻覺得有些表演的成分在裡面。一方面，這種「三五七言」形式的詩在唐初就已經產生了，屬於寶塔詩進一步發展的結果，不過在李白之前沒人能將韻律使用得如此精妙，且字數也不固定。李白這首〈秋風詞〉寫作後，三五七言的格式化屬性以及節奏感很強的音樂性由此奠定。

另一方面，李白是擅長使用華麗辭藻及誇張想像的詩人。無論是寫「黃河之水天上來」，還是「白髮三千丈，緣愁似個長」，都有奇絕瑰麗的色彩、怪誕豐沛的想像。結合李白的性格、經歷和作品來看，他即便先前哭天地、摧心肝，轉而便能看得開放得下，正是「人生在世不稱意，明朝散髮弄扁舟」嘛！所以，通達明澈如李白這樣的人，雖然也有放不下「情」字的時候，但若說這情多麼痛徹心扉傷入骨髓，如何刻骨銘心，多半也只是後人浪漫的想像。這首詩是非常好看且耐讀的，但也要注意李白慣有的誇張，以便更好地理解其表演性。

回到唐詩中這些美好的相思情，倒的確像天上圓月般清朗，明知會有缺憾，也知不能長圓，但總能靜靜守望，默默思念。正因為有了這份不捨，有了塵世中無數的牽絆，生命才充滿詩意並令人無比眷戀。雖說人生苦短，但相思總是一劑良藥，至少可以慰藉無數孤獨行走的靈魂。

超完美愛情

如果非要為愛情設計一個完美公式，那麼「執子之手，與子偕老」應該是多數人的期待。

從相識相愛到相知相守，在漫長的歲月中，「青梅竹馬，白頭偕老」，這是古典愛情的傳統認知，也是現代愛情的信仰與追求。

妾髮初覆額，折花門前劇。
郎騎竹馬來，遶床弄青梅。
同居長干里，兩小無嫌猜。
十四為君婦，羞顏未嘗開。
低頭向暗壁，千喚不一回。

十五始展眉，願同塵與灰。
常存抱柱信，豈上望夫臺。
十六君遠行，瞿塘灩澦堆。
五月不可觸，猿聲天上哀。
門前遲行跡，一一生綠苔。
苔深不能掃，落葉秋風早。
八月蝴蝶來，雙飛西園草。
感此傷妾心，坐愁紅顏老。
早晚下三巴，預將書報家。
相迎不道遠，直至長風沙。（李白〈長干行〉）

從青梅竹馬到白頭偕老，不僅是美麗的成語、浪漫的故事，也包含著美好的依戀，青澀的新婚，團聚、分別、等待、相思，包含日常生活的百般滋味。在時間的鏈條上，連同愛情一起成長的還有日漸豐滿的青春。

全詩刻畫的是一位閨中少婦的形象，她以自述的口吻、回憶的方式，傾訴了對遠方丈夫的思念之情。開篇六句生動地再現了兩個人天真無邪的童趣時代。

當頭髮剛剛能夠蓋過額頭的時候，我會折些花在家門前玩耍。你騎著竹木馬過來，我們就快樂地繞著井柵欄做遊戲。因為從小就是鄰居，在一起玩，一起度過美麗的童年，一起跟著時間長大，所以兩顆心從來就沒有猜忌。簡單的幾句話，便創造了至今仍廣泛使用的兩個成語——青梅竹馬、兩小無猜。這兩個詞自誕生起便成為人們對愛情的一種追求。

接下來，女主人公在記憶的鐵軌上繼續行進：十四歲新婚，因為害羞所以躲在牆角不敢看你。哪怕是那麼熟悉的人，自幼一起玩耍長大的你，連喚數聲，我都羞得不肯回頭看一眼。十五歲才懂得舒展愁眉，決定此生與你共度。十六歲你離家遠行，要去瞿塘灩澦堆。五月漲水的時候，小心不要觸礁。

李白的〈長干行〉共有兩首，此為其一，描寫的主要是男子外出經商，女子在家殷切思念丈夫的感情。她不斷回憶往事，日子過得太快，從孩童時的兩小無猜，到新婚後的幸福甜蜜，復又寫丈夫離家後的自己。

你離家時在門前徘徊的足跡，已經漸漸生出綠色的青苔。你走了那麼久，綠苔累積得太厚已經不容易清掃，落葉飄下來，秋天也早早地到來。八月時，兩隻蝴蝶雙雙飛到西園的草地上。觸景傷情，我忽然覺得很傷心。日子過得那麼快，思念已經讓我滿面愁態，容顏衰老。言外之意，不知道你回來的時候，我是否還能有這皓齒朱顏，善睞明眸。

隨後也是一聲嘆息，滿滿的期盼：你什麼時候回來一定要提前告訴我，我會遠遠地就出來迎接你歸家！這首詩故事性極強，雖然情節簡單，卻寫得優美動人。《唐宋詩醇》評價此詩道：「兒女情事，直從胸臆間流出，縈迂曲折，一往情深。」

從兩情相悅到白頭偕老，看似簡單，其實要經過時間醞釀的諸多考驗，方能見證愛情的純粹與堅定。諸如天災人禍，戰爭瘟疫，情感背叛，都有可能令人中道分散。如果想攜手走過塵世的風風雨雨，將愛情進行到底，不但需要對抗情感的誘惑、生活的碾壓，也需要有頑強的意志來說服自己堅持最初的選擇。

當年，卓文君與司馬相如私奔時，並不計較司馬相如如何窮困潦倒，她當街賣酒，貼補家用。不料司馬相如功成名就後，便打算拋棄她。卓文君悲憤交加，提筆寫下漢樂府名篇〈白頭吟〉。司馬相如看過後，想起當年情分，也欽佩卓文君的才華，於是斷絕了納妾的念頭，夫妻和好如初，留下一段佳話。而〈白頭吟〉中那句「願得一心人，白頭不相離」寫得可謂深情哀婉，搖撼人心，至今仍是許多年輕人的愛情座右銘。畢竟，無論在生活中，還是在藝術世界裡，長久的愛情始終令人神往。

> 曾經滄海難為水，除卻巫山不是雲。取次花叢懶回顧，半緣修道半緣君。（元稹〈離思〉）

這是唐代詩人元稹為悼念亡妻韋叢所作的一首詩。詩裡說，曾經體驗過滄海的波瀾壯闊，別的水便無法再吸引我；曾經眷戀過巫山的雲蒸霞蔚，別處的風景也便不能再令我陶醉。我即使從百花叢中穿行而過，也不會留戀任何一朵，更別說回頭張望。這一半是因為修道，另一半就是因為妳。「萬花叢中過，片葉不沾身」說的正是此意。

古人說：「觀山則情滿於山，看海則意溢於海。」山山水水總能留人愁緒，解憂舒懷。但是，在元稹看來，這一切似乎都毫無意義。他經歷過最美的巫山雲雨，體味過動人心魄的滄海波瀾，世間任何的景物都不能再打動他了。這就猶如大千世界，自亡妻逝去，便再也沒有愛情可言。也許在他人眼中，韋叢並不是完美的女人，但在元稹心裡，她的一顰一笑、舉手投足都完美得無可挑剔。「情人眼裡出西施」，愛的光芒照耀著人的內心，一切都是那樣美滿。而心愛的人不幸離世，留在心裡的只剩最美的回憶與惆悵。

全詩表面寫的雖是景致，不著半個「情」字，卻烘托出了無限的愛意，也點出了「鍾愛一生」的主旨。韋叢在天有靈，讀到此詩應該也會頗感欣慰吧。茫茫人海，沒有早一步也沒有晚一步，恰好在最好的年華遇到了最愛的人。這一生，無論何時何地，任憑花團錦簇、美女如雲，便再也入不得眼，進不得心，只愛自己心裡的那一個。在她的身上，滄海碧波始終朗月高懸，巫山之上永遠晴空如洗。而那些平淡如水的日子，也因為這份愛而畢生難忘。這份愛，是萬古長存的暖意，也是人間永恆的真情。

青梅竹馬時，選擇自己所愛的；鬢髮斑白時，依然鍾愛自己所選擇的。這便是人間最美的情路吧。

「我一輩子走過許多地方的路，行過許多地方的橋，看過許多形狀的雲，喝過許多種類的酒，卻只愛過一個正當最好年齡的人。」文學家沈從文這段文字歷來被看作愛情表白之經典，更被無數年輕人奉為圭臬：在最好的歲月裡，遇到心愛的人，如此，便是完美。

好花易落，紅顏早凋

李商隱有詩云：「人世死前唯有別，春風爭擬惜長條。」在愛情詩歌主題中，最令人傷痛的，便是生離死別。「生離」之悲是因為距離的遙遠可能會有無窮變化，「相去萬餘里，各在天一涯」，這是世事無常的起點。而「死別」，則是無常的終點，是一切可能的停止，一切相聚的破滅。

昔日戲言身後事，今朝都到眼前來。衣裳已施行看盡，針線猶存未忍開。
尚想舊情憐婢僕，也曾因夢送錢財。誠知此恨人人有，貧賤夫妻百事哀。（元稹〈遣悲懷〉其二）

元和四年（八〇九年），元稹愛妻韋叢病逝。元稹思念韋叢，寫下三首〈遣悲懷〉。第一首追憶過去，寫妻子婚後與自己的艱苦生活；第三首是由悲妻到自悲，寫面對今後的生活，唯有無窮無盡的相思才能報答妻子曾給予自己的愛。而這第二首〈遣悲懷〉寫的是現在，是此時此刻的孤獨、寂寞和哀痛。

當年妻子尚在人世的時候，曾開玩笑想像死後的事，如今一語成讖，這些事真的都擺在了眼前，叫人如何不哀痛。她穿過的衣服差不多都施捨給別人了，但她用過的針線盒依然放在那裡，所謂睹物思人，實在不忍心打開。因想念妻子，對那些曾服侍過妻子的婢女，也格外憐愛。因夢見妻子，醒來想到多年來她嫁給自己缺衣少食，所以要多燒點紙錢給她，以免她死後還要受窮。喪妻之痛，雖然人人都有，但想起貧賤之時妻子日夜操勞的往事，便覺得極度哀痛。

韋叢二十歲嫁給元稹，去世時年僅二十七歲，元稹那時也才三十幾歲，少年夫妻，正是親密無間柔情蜜意的年齡，不料中道分散。斯人已去，那患難與共的生活，度日維艱的苦澀，妻子去世後，恐怕再也無人能懂。史學家陳寅恪《元白詩箋證稿》評價說：「夫微之悼亡詩中其最為世所傳誦者，莫若〈三遣悲懷〉之七律三首。」

所謂「悼亡詩」，一般是指丈夫追懷悼念亡妻之作。唐代詩人中，創作此題材較多的詩人，除了元積外，便是李商隱。而李商隱的詩中，以〈錦瑟〉成就最高。

錦瑟無端五十弦，一弦一柱思華年。莊生曉夢迷蝴蝶，望帝春心託杜鵑。
滄海月明珠有淚，藍田日暖玉生煙。此情可待成追憶，只是當時已惘然。

這首〈錦瑟〉是李商隱愛情詩的代表，也是歷來愛詩者最喜歡吟誦的詩篇。宋元之後，對此詩的解讀便眾說紛紜。學者周汝昌認為以「錦瑟」開端，實則暗示了「無題」之意，是李商隱愛情詩中最難理解的一首。

華麗的琴瑟有五十根弦，繁複的感情可能就需要如此多的琴弦才能表達吧。這每一根弦每一個音節都令人想起青春年少的光陰。莊生迷蝶，已經分不清自己和蝴蝶的區別，真是人生如夢。望帝託鵑，望帝杜宇[2]將滿腔心血化為杜鵑鳥的陣陣悲鳴，寄託哀怨。滄海月明，鮫人的眼淚化為晶瑩的珍珠。藍田日暖，良玉的精氣緩緩騰起，生出縷縷玉煙。

「莊周夢蝶」是人生的迷惘，「杜鵑啼血」有人生的執著，「滄海明珠」呈現廣闊與空寂，「良玉生煙」生發溫暖與奇幻。四句詩，四個典故，四種意象與情感。錦瑟年華，如玉如珠，但想到這些美好的人事多數都只是傳說，可望而不可即，便覺得徒添惆悵。

尾聯寫「此情可待」，說的是如今這些美好的事物與情感都如雲煙過眼消失不見，只能變成腦海中的追憶了。可是當年，面對那麼寶貴的青春年華，那樣美好的佳人與感情，自己卻漫不經心，視為尋常，完全不懂珍惜。詩作言盡於此，但其描畫的生動畫面卻盤旋腦中，令人無法忘卻。

這是人們面對感情時的共鳴。那些曾經歡樂與共的時光，如心頭烈焰難以熄滅。或因生離死別，或因情深緣淺，總之是錯過了，失去了。像窗前的一束月光，心口的一粒朱砂，令人深深銘記，不願抹去，靠著記憶的力量，反覆品咂，回味。

追憶似水流年，悼念遠去的深情，是李商隱這首詩的情感核心，也是李商隱愛情詩的解讀切口。

2 杜宇：相傳為古代蜀國的君主，號望帝，死後化為杜鵑。

通常來說，李商隱的愛情詩都非常晦澀難懂，比如這首〈錦瑟〉，有人說這是他追懷理想的隱喻，有人說這是他在哀悼亡妻，有人說他只是吟詠逝去的一段愛情，更有甚者言之鑿鑿說他愛上了一位名叫「錦瑟」的婢女。凡此種種，好像李商隱在詩中都有表達，但仔細揣摩，這表達又立刻顯得含混不清。而這幽怨中忽明忽暗的感情，草蛇灰線，始終埋藏在他的詩中。

「身無彩鳳雙飛翼，心有靈犀一點通。」
「春蠶到死絲方盡，蠟炬成灰淚始乾。」
「春心莫共花爭發，一寸相思一寸灰。」
「直道相思了無益，未妨惆悵是清狂。」（李商隱〈無題〉選摘）

一種觀點認為，如此模糊的詩意是李商隱詩歌的缺陷，影響了對他的解讀。但實際上，這恰恰扣緊了愛情的隱祕。兩個人的愛情常常是祕而不宣的，只可意會不可言傳。眉目傳情，秋波流轉，別人看不到的情意，戀愛中的人卻可以獨得其味。

所以，讀李商隱的情詩，很容易就看出他戀愛了，愛得刻骨銘心；他相思了，思念得魂牽夢繞。但除此之外，女主角家在何地，身在何處，姓甚名誰，一切都不可考。李商隱吞吞吐吐，遮遮掩掩，雖然忍不住一直在詩裡剖白愛意傾訴衷腸，但直到今天，這些情詩依然晦澀難懂。

不過正因為這層含蓄，李商隱的詩歌世界始終籠罩在一片朦朧的美感中，從而吸引人們不斷去探究他個人的情愛經歷與詩作間對應的語碼。

> 荷葉生時春恨生，荷葉枯時秋恨成。深知身在情長在，悵望江頭江水聲。（李商隱〈暮秋獨遊曲江〉）

荷葉生長的時候，春恨也隨著瘋長；荷葉枯敗的時候，秋恨也已經生成。我深深地知道，只要還活在這個世界上，這份感情就不會斷絕。但也只能眺望無邊的江水，聽它嗚咽悲鳴，猶如我痛苦的心聲。短短一首小詩，將濃濃的痴情化作奔流的江水，穿透世間愛恨，漾起無盡深情。

妻子離世幾年後的一天，李商隱在暮秋時獨遊曲江，寫下了這首感人的悼亡詩。所謂「身在情長在」，就是不管妳身在何處，我心中對妳的愛都將隨著生命的存在而流淌，直到地老天荒，海枯石爛，人在，情在。

這首詩寫作一年後，李商隱因病故去。但他深切誠摯的感情，隨著他的詩作，歷久彌新，永不褪色。

第四章

文癲武狂

少年氣，俠客夢

〈少年行〉本是樂府舊題，在唐代詩人手裡大放異彩，尤其是初盛唐詩人們，多以此為題，描寫少年俠客的任性妄為、熱血俠情，更兼對歷史英雄的追慕，以及對戰場磨煉的渴求等。李白、王維等人都寫過這一題材的組詩。

擊筑飲美酒，劍歌易水湄。經過燕太子，結托并州兒。
少年負壯氣，奮烈自有時。因擊魯句踐，爭博勿相欺。
五陵年少金市東，銀鞍白馬度春風。
落花踏盡遊何處，笑入胡姬酒肆中。（李白〈少年行〉二首）

第一首詩，寫少年對俠客英雄的追懷仰慕。

荊軻刺秦前，燕太子丹率賓客送荊軻於易水岸邊，高漸離為荊軻擊筑，荊軻彈劍高歌：「風蕭蕭兮易水寒，壯士一去兮不復還！」李白這首詩就是圍繞荊軻的典故而作。他認為，少年俠客，就像高漸離擊筑，就像荊軻和唱，應該結識燕太子丹這樣愛才的賢主，也要結交并州男兒那樣輕生死重義氣的朋友。少年時便身負雄心壯志，將來總有奮發之日、激昂之時。

李白接著寫道：如果再遇到魯句踐（又名「魯勾踐」）這樣的俠客，應事先通名報姓，以免因賭博生事，互相欺辱。《史記．刺客列傳》記載，荊軻當年遊歷於邯鄲的時候，遇到了魯句踐，因為下棋博奕時發生爭執，魯句踐生氣就怒斥了荊軻，荊軻並不回話就從牌局遁走。實際上，荊軻離開不是因為害怕，而是顯示出不屑與魯句踐爭論的鄙薄之意。可見，李白是已經完全將自己的少年夢代入荊軻的遭遇中，想像著如何扮演荊軻的角色。此詩雖是詠懷荊軻，卻完全套入了李白的幻想與抒情，也勾勒出少年俠客的天真與稚氣。

第二首詩，寫少年對俠客生活的浪漫狂想。

李白所認為的俠客生活實在太暢快了！長安金市乃豪門貴族聚居處，俠客少年出身富貴，生活奢華，騎著配銀鞍的白馬，滿面春風地徜徉在街市間。遊春賞花之後最喜歡去哪裡玩耍呢？當然是去胡人開的酒肆中，與那些漂亮的西域胡姬飲酒作樂。在李白的筆下，少年擁有的是陽光下所有美好的事物，有花，有酒，有銀鞍寶馬，有異域美人。手裡是花不盡的錢財，身上是用不完的青春。盛唐氣象中的俠客少年，就這樣在李白筆下恣意瀟灑，任性而為，一派蓬勃的少年氣！

與李白「高歌擊築騎馬踏花」的少年夢不同，王維的俠客夢裡多了些英雄氣與家國感。

新豐美酒斗十千，咸陽遊俠多少年。相逢意氣為君飲，繫馬高樓垂柳邊。
出身仕漢羽林郎，初隨驃騎戰漁陽。孰知不向邊庭苦，縱死猶聞俠骨香。
一身能擘兩雕弧，虜騎千重只似無。偏坐金鞍調白羽，紛紛射殺五單于。
漢家君臣歡宴終，高議雲臺論戰功。天子臨軒賜侯印，將軍佩出明光宮。（王維〈少年行〉四首）

王維這四首詩講的是少年俠客的幾段生活。

第一首詩寫「相識痛飲」。新豐的美酒非常名貴，出沒長安地區的俠客多為少年。相逢時如果意氣相投必要痛飲幾杯交下這位朋友，而少年們的駿馬就拴在樓下的垂柳邊。值得注意的是，「五陵年少」和「銀鞍白馬」在李白詩中曾出現過，將兩位詩人的作品放在一處看，可謂妙極。

第二首詩寫「邊塞出征」。離開家不久便成了皇帝的御林軍，隨後就跟著驃騎將軍輾轉沙場，參加了漁陽大戰。其實，誰不知道遠赴邊疆既辛苦又危險呢，但是保家衛國是男人責無旁貸的使命，縱然戰死疆場空餘一堆白骨，也會飄出俠義的清香。聽鼓角爭鳴，望烽火邊城，黃沙漫天的古道上閃爍著刀光劍影。策馬揚鞭，一騎絕塵，將家國安危繫於己身。那些遙遠的相思，淒慘的離別，在少俠此時的身上都還未出現，他所關注的只是浴血沙場。這是王維的邊塞夢，也是無數長安少年俠客夢想中的征程。

第三首詩寫「奮勇殺敵」。少年俠客一個人便能拉開兩張弓，敵軍眾多卻全然不放在眼中。他身手矯健，從容地在戰馬上變換姿勢，彼時正偏坐在金鞍上，慢慢抬起羽箭，瞄準發射的目標，再將敵軍首領們逐一射死。

第四首詩寫「功成封賞」。「漢家」此處是以「漢」代「唐」，指朝廷君臣。意思是說，滿朝文武開過慶功宴後，皇帝開始坐在雲臺上論功行賞。天子親自走上前來授印，賞侯賜爵。最後一幕是將軍佩戴著印綬走出明光宮（漢朝宮殿名）。此時，前三首詩中那位高樓飲酒、戰場殺敵、箭無虛發的少年俠客，卻忽然不知所蹤。他驍勇善戰，曾跟從將軍贏得漁陽大戰，為什麼最後卻被驃騎將軍搶走了戰功呢？恐怕是皇帝寵臣坐享其成搶占功績，反倒是奮戰沙場的勇士不受重視。相當一部分學者持此觀點，認為王維最後一句詩取諷刺之意，發不平之聲。

我的理解是，此句應專為刻畫少年俠客「只報國恩，不貪虛名」而作。王維的〈少年行〉四首，雖獨立成章，且各有側重，但無一不是為刻畫少年俠客而作。四首詩前後有序，敘事連貫，環環相扣，宛如一部「長安少俠成長史」。試想，當年「相逢意氣為君飲」，信奉「縱死猶聞俠骨香」的少年，在戰爭中出生入死、鍛煉了膽魄、歷練了靈魂的少年，此時應早已變為成熟穩健的俠客。而真正的俠客，應如李白所說「事了拂衣去，深藏功與名」。

如此，王維與李白二人筆下的少年俠客，才算真正進行了精神的對接與交流，並藉此完成了對盛唐少年最為完美的塑造與謳歌。

從軍行，鐵血柔腸

漢樂府〈十五從軍行〉控訴了十五歲服兵役的少年，八十歲才返鄉的人間慘劇。「十五從軍行，八十始得歸。道逢鄉里人，家中有阿誰？遙看是君家，松柏塚累累。兔從狗竇入，雉從梁上飛。」看到鄉下鄰居問自己家裡還有什麼人，鄰居用手一指：你家的位置就在松柏環繞的那片墓地中。等老兵走到家門前，看到野兔從狗洞裡進進出出，野雞在屋梁上飛來飛去。一別六十多年，家破人亡，災難深重，可謂是對兵役和戰爭的血淚控訴。「從軍行」也演變為描寫軍隊戰爭的傳統題目被保留下來。

及至唐代，國力強盛，皇帝積極進取，開疆拓土，人們也受到英雄主義的感染，渴望成就一番事業。所以唐代「從軍行」便呈現出一種不同往日的、雄渾激蕩的熱血豪情。

百戰沙場碎鐵衣，城南已合數重圍。突營射殺呼延將，獨領殘兵千騎歸。（李白〈從軍行〉其二）

李白這首詩既不寫邊塞美景，也不提戍邊辛苦，而是直言戰爭的殘酷。由於戰事頻繁，唐軍將士來不及休整，連身上的鎧甲都已經磨碎了。到底是身經百戰被敵軍刺碎了鐵甲，還是氣候寒冷凍碎了鐵衣呢？或許兼而有之。但將士們全然顧不得這些事了，城池的南面已經被敵軍重重包圍了。這時，軍中衝出一位勇士，他突闖敵軍營壘，射殺敵軍大將，獨自帶領殘兵從血泊中拚殺出來。這裡成功地塑造出敗不言棄率眾突圍並最終使自己的軍隊轉危為安的英雄形象。讀到此處，彷彿這位英雄與整首詩都帶著層層殺氣、凜凜威風。李白的詩歌向來奇絕瑰麗，但能如此震撼人心，還是離不開盛唐特有的豪情氣概的薰染。

盛唐的很多詩人寫過這種鼓舞人心的詩篇。

青海長雲暗雪山，孤城遙望玉門關。黃沙百戰穿金甲，不破樓蘭終不還。（王

昌齡〈從軍行〉其四）

青海上空，長雲漫捲，漸漸遮住了雪山。站在孤城之上，遙望遠遠的玉門關。「黃沙百戰穿金甲」，七個字中深藏了戰爭的長久與艱苦，時間的流逝猶如滾滾黃沙，將士們身上厚重的鎧甲都被磨穿了。這漫長的軍旅生活不知道什麼時候才能結束。但將士們的壯志比鎧甲還要堅固，不打敗進犯國家的敵軍，他們誓死不返家鄉。這種深沉堅定的信念，不但穩固了軍隊的士氣，甚至也影響了文人的感情。

烽火照西京，心中自不平。牙璋辭鳳闕，鐵騎繞龍城。
雪暗凋旗畫，風多雜鼓聲。寧為百夫長，勝作一書生。（楊炯〈從軍行〉）

緊急的軍情猶如燃燒的烽火，迅速傳到了長安。書生意氣在心中翻滾，再也不想端坐書齋，消磨青春與人生。辭別皇宮，從皇帝的手中領到那支令箭。鐵騎龍城，國人的希望都寄託在這金戈鐵馬的沙場。大雪紛飛，軍旗上的彩繪也在歲月的風塵裡漸漸褪色。狂風怒吼，鼓角爭鳴的喧鬧夾雜在狂風中。詩作的最後兩句，楊炯直抒胸臆：「寧為百夫長，勝作一書生。」哪怕只是當個低級的小軍官，也能上陣殺敵報效國家，總勝過那些整日在書房裡靜坐只會雕琢字句的文弱書生。全詩情緒急迫、衝動，節奏明快，筆力雄健，頗有幾分氣壯山河的架勢。

《唐詩解》認為，當時朝廷重武輕文，楊炯見文官不受寵，所以「心中自不平」，寫作此詩，不過是借題發揮，抒發滿腹牢騷而已。無論何種緣由，這一往無前的姿態、為國效力的深情，倒也不失為勇者的風采。畢竟從軍苦，戍邊難，生死未卜，有家難返。誰都知道從軍打仗總會有死傷。今日戰果輝煌，明天出征能否回來則尚未可知。所謂「醉臥沙場君莫笑，古來征戰幾人回」（王翰〈涼州詞〉），這本就是一個引人感傷的話題。將士們為了家園的安寧必須出來打仗，可戰爭的結果往往是死傷慘重，很多將士再也無法返回家園。

但這似乎並不能動搖軍人的意志。相反，在將生死置之度外後，他們顯得更加豪邁。功名利祿並不重要，封侯拜相無須計較，能夠馳騁疆場，報國安民，又何必在乎自己的生死呢？「願得此身長報國，何須生入玉門關。」（戴叔倫〈塞上曲〉）

英雄氣概，俠義風骨，早已存在胸中，為國為民為蒼生，肝腦塗地，哪裡還顧得上生死！

男兒事長征，少小幽燕客。賭勝馬蹄下，由來輕七尺。殺人莫敢前，鬚如蝟毛磔。

黃雲隴底白雲飛，未得報恩不得歸。遼東小婦年十五，慣彈琵琶解歌舞。今為羌笛出塞聲，使我三軍淚如雨。（李頎〈古意〉）

幽燕一帶自古多豪客，從小在那裡長大的男子，註定會沾染慷慨悲歌的士氣，也因此多了幾分剛烈與剽悍。長大後更是從軍戍邊，將勇武的氣概潑灑在疆場之上。文人間的逗趣常常是雅致清新，「摘花高處賭身輕」，「慣猜閒事為聰明」。而武將們的打賭卻很是不同。他們把最重的賭注壓在戰場上，爭做殺敵的英雄，為取勝甚至不惜生命的代價。將軍的鬍鬚如刺蝟的毛刺般密密地直豎在臉上，哪怕是再厲害的敵人，都不敢和他靠近。

如此緊張的節奏卻充滿了畫面感：一個七尺大漢，手持雪亮的戰刀，背後黃沙漫漫，他怒目而視，嚇得敵軍瑟縮不前。雄壯偉岸的將軍身後，黃雲捲著白雲在天邊翻滾，胸中的激情陡然升起，未報國恩，未立戰功，怎可重返家園！

假如這首詩就此結束，留在人們印象中的可能僅僅是一個彪形大漢的形象，栩栩如生，卻不夠血肉豐滿。但李頎真如藝術家般，對筆下人物進行了更為細緻的雕琢：遼東少婦年方十五，擅長彈琵琶也擅長歌舞。今天她忽然用羌笛吹奏了出塞曲，笛聲哀怨，曲波蕩漾，三軍將士被勾起無盡的思鄉之情，直聽得揮淚如雨。

這些曾經奮不顧身的鐵血硬漢，苦、累、傷、痛，都不曾令他們落淚。但音樂溫柔流轉，像清泉漫過心田。老邁的爹娘，久別的妻子，兒時的同伴，那些流淌在歲月中的記憶被熟悉的旋律悠悠喚醒，被刀光劍影磨出老繭的心漸漸如剝了殼的荔枝，露出了內在的柔軟。如此一來，李頎筆下這些虎虎生威的硬漢就又被寫得柔腸百轉了。他們有執著的血性，也有為父母妻兒動情的淚光。鐵血柔情，不但沒有損傷唐代英雄的形象，反而增添了他們人性的光輝。

塞外情，奇絕多美景

唐代是中國歷史上最意氣風發的時代。遼闊的疆域，壯麗的河山，常常令詩人們心生豪邁，他們進而又將這飽滿的感情化為恢宏的詩篇，不斷擴展著唐詩的版圖。

宋代嚴羽在《滄浪詩話》中說：「唐人好詩，多是征戍、遷謫、行旅、離別之作，往往能感動激發人意。」而這些題材中，邊塞詩無疑是最具豪情的。朝中高官，軍中武將，甚至連文弱書生都能寫出豪放的邊塞詩。那種與時代同步的自信與自豪都被寫進詩作裡，化為一幅幅邊塞美景。

十里一走馬，五里一揚鞭。都護軍書至，匈奴圍酒泉。
關山正飛雪，烽火斷無煙。（王維〈隴西行〉）

詩作起筆，以走馬揚鞭的急迫態勢，展示了十萬火急的軍情。風馳電掣而來的軍書，只有一條簡潔的消息——匈奴迫近，已經圍住了酒泉（地名）。可是，抬眼望去，漫天飛雪，白茫茫一片，根本看不到任何烽火。按照古代的戰時預警，一般是先看到烽煙，後收到軍報。但由於雪太大，天地一片蒼茫，根本看不到烽煙。可能是在大雪中無法點燃烽火，抑或是火焰被雪熄滅。總之，這飛馬疾馳送來的緊急軍報該如何繼續傳遞到下一站請求救援呢？當刻不容緩的軍情遭遇連綿的飛雪……

這首〈隴西行〉猶如邊塞生活的橫斷面，展示了戰爭期間軍情危急時的狀況，接著便戛然而止。至於後面的故事如何發生，情況緊急如何應對等，則隻字不提，彷彿置身於詩中所描繪的白茫茫世界裡，雖無跡可尋，卻耐人回味，留下了無限想像的空間。

王維素以「山水田園詩」著稱，後世讀者皆知其筆調清新優美，常常流淌著靜靜的禪意，他因此被尊為「詩佛」。孰料王維少年時曾受儒家影響，有著很強的入世思想。這首〈隴西行〉中快馬加鞭的急促，風風火火的熱切，恰是對他早年積極進取的一例佐證。

林庚在《唐詩綜論》中說：「邊塞詩是盛唐詩歌高峰上最鮮明的一個標誌。」據說唐代詩人，無論是著名的還是非著名的，至少都寫過一首邊塞詩。

> 月黑雁飛高，單于夜遁逃。欲將輕騎逐，大雪滿弓刀。（盧綸〈和張僕射塞下曲〉其三）

「塞下曲」也是樂府舊題，多寫邊塞、征戰等內容。盧綸曾任通判，對行伍生活比較熟悉，所以這首描寫雪夜裡追擊敵軍的詩顯得格外生動。月黑是沒有月光的黑夜，本該安靜沉睡的雁群忽然被驚醒亂飛。怪異的環境立刻透露出危險的氣息，不免有些憂懼。

是誰驚動了雁群呢？原來是匈奴的首領單于想要趁夜逃走。將軍發現單于逃跑，準備帶領輕騎兵去追趕。整裝待發時，天降大雪，雪花落在清冷的弓刀上，為將士們手中的彎刀更添一分寒光。整首詩氣勢豪邁，筆力雄健，不但營造了充滿詩意的雪景，而且透過單于想趁夜逃走的衰敗之舉，襯托出邊塞戰士的英勇無敵。

邊塞生活本極為勞苦與艱辛，黃沙漫漫，白雪紛紛，跑到條件惡劣的前線去參與軍旅生活，會有許多不可想像的苦難，比如刀兵相見的危險、血流成河的犧牲。但即便如此，唐代許多詩人依然爭先恐後地湧向邊塞軍營，去實現自己的理想，豐富自己的閱歷，感悟更激蕩的人生。究其原因，可能是因為唐朝雖戰爭頻繁，但勝戰較多，所以人們也樂於在金戈鐵馬的縱橫裡，揮灑激情，燃燒赤誠。而在理想主義和浪漫主義的交織下，苦寒之地的邊塞荒涼，也就常變為詩人眼中的奇絕美景，散發出迷人也誘人的芬芳。

君不見走馬川行雪海邊，平沙莽莽黃入天。
輪臺九月風夜吼，一川碎石大如斗，隨風滿地石亂走。
匈奴草黃馬正肥，金山西見煙塵飛，漢家大將西出師。
將軍金甲夜不脫，半夜軍行戈相撥，風頭如刀面如割。
馬毛帶雪汗氣蒸，五花連錢旋作冰，幕中草檄硯水凝。

虜騎聞之應膽懾，料知短兵不敢接，車師西門佇獻捷。（岑參〈走馬川行奉送封大夫出師西征〉）

岑參的邊塞詩有一個共同的特點，就是語意新奇，壯烈而又顯瑰麗。詩歌從茫茫黃沙入手寫起，戈壁的荒涼與寂寞都在這遮天蔽日的渾黃中展開。首先是狂風怒吼，那些像斗一樣大的碎石，隨著狂風滿地滾動，飛沙走石的險境歷歷在目。匈奴藉著草黃馬肥的機會，率領大軍來侵犯大唐江山。大唐將士們晚上都不脫盔甲，頂著如刀的狂風在暗夜裡行軍。

最為奇特的景象是那些同樣勞累的戰馬，在寒冷的天氣裡，可以看到馬毛上還沾著雪，但因連夜行軍奔跑，牠們渾身冒著熱氣。天寒地凍，熱氣遇到冷空氣，就形成了一串串冰花，凝結在戰馬的身上。而軍帳裡的將軍正打算起草檄文，卻發現硯臺裡剛剛倒出來的墨水已經凝成了冰。

在這呵氣成霜的時候，詩人的筆墨卻似乎更加酣暢。他說戰士們頂風冒雪的姿態一定會嚇倒敵軍，料想連仗也不用打我們就可以勝利還朝了。雖然這只是岑參浪漫的想像，但他對邊塞生活細緻入微的觀察與描摹，卻令人感受到豪邁的氣勢、蓬勃的激情，以及電光火石般的力量。

做為從南方來的戰士，岑參對北方的生活充滿了好奇。北風吹，大雪飛，塞外苦寒美。當他以發現新大陸般的驚喜來描繪北方的風景時，一切都顯得那麼迷人。塞外風光的奇特與莫測，是大唐子民如非親見實難想像的。只有親歷戰爭的詩人們，才能在風雪交織、變幻莫測的時空中，捕捉到靈感的火花。

和平心，列國自守邊疆

西方文化中有很強的生命意識，不管是縱橫在神話故事中的英雄，還是生活在現實世界裡的詩人，只要覺得尊嚴或愛情遭受了威脅或挑戰，就一定要誓死捍衛（著名詩人普希金就是死於一場決鬥）。他們身上都凝結著巨大的爆破力，只要被激怒，就一定要將胸中這盆烈火打翻，以換來更為壯烈的燃燒。

與西方文化的對抗性相比，中華民族的傳統文化透露出沖淡平和的態度，講究中庸、守成，不喜歡採用激烈的方式解決糾紛和爭端。《老子》說：「上善若水。水善利萬物而不爭。」意思是，做人最高的品質應該像水一樣，能潤澤萬物卻不與萬物爭高下。水能承載萬物，包容天地，這以柔克剛的智慧，也被稱為最溫柔的「武器」。

一條古時水，向我手心流。臨行瀉贈君，勿薄細碎仇。（劉叉〈姚秀才愛予小劍因贈〉）

古人喜歡「以水喻劍」，因為「水」象徵品格的承載，「劍」寓意理想的寄託，而且水和劍都那麼清澈，那麼明亮。詩歌題目交代了事情的起因，因為「姚秀才」喜歡詩人的小劍，詩人在送劍給朋友的時候，寫了這首詩：我手裡拿著的是一柄上古傳下來的好劍，劍如流水藏在我的掌心。如今臨行之時，我將這寶劍贈予你，它銳利的鋒芒如水般傾洩而出，透著清涼的劍光。但請你記得，不要把如此好的劍用在個人細小的恩仇上，要用在建功立業的大事上。

全詩清涼如水，行轉自如，「流」與「瀉」二字既有水的動感，也有劍的光芒閃爍不定之感。贈劍之時的叮嚀更顯水樣的哲思：不要為小事劍拔弩張，應該用這寶劍行俠仗義，做一番驚天動地的偉業。

另有詩人也表達過類似的觀念：

三十未封侯，顛狂遍九州。平生鏌釾劍[3]，不報小人仇。（張祜〈書憤〉）

詩人先自嘲三十年來不曾封侯拜相，意指流落江湖，未入仕途。又說性情癲狂，暗示自己被指行為怪誕，其實不過是個性清高。詩作後兩句，詩人提出了自己的理想人格：哪怕遭遇再多排擠、傾軋，哪怕擁有世所公認的鏌釾寶劍，他也不會為了瑣碎的私人恩怨而動用寶劍。一則，寶劍是人格的寄託，不應因小事鬥毆，玷汙寶劍的鋒利，降低自己的品格；另一則，古人不喜爭鬥，講究通達圓潤，崇尚如水般的智慧。

古人雖不崇尚武力，卻也從不懼怕戰爭。如遇外敵犯境，人們依然懷著無所畏懼的信念以守護家國的安寧。

秦時明月漢時關，萬里長征人未還。但使龍城飛將在，不教胡馬度陰山。

明代文學「後七子」的領袖李攀龍將王昌齡的這首〈出塞〉評為「唐人七絕壓

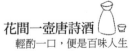

卷之作」，足見此詩在後世聲譽極高。詩中說的「秦時明月漢時關」，不應簡單理解為秦朝的明月、漢朝的關塞，而應將秦／漢、明月／關塞融合在一起，疊加成交錯時空的不同畫面。在唐詩中，有許多類似的寫法，如白居易的「主人下馬客在船」，其實是主人和客人都下馬上船的意思。瞭解這種「互文見義」的手法，能更深刻地理解詩歌中時空交織的距離感。

自秦漢以來，冷月邊關，一切似乎都沒有變化；而月下關口的征戰似乎也從未停止。在遼遠的時空裡，戰爭似乎是明月下、關隘裡永恆的話題。萬里征途，多少將士一去不返，再也沒有回到家園。假如奇襲龍城的衛青還在，抗擊匈奴的飛將軍李廣還在，絕對不會允許胡人的騎兵再越過陰山。某種程度上，詩中的「龍城」和「飛將」都不是特指某個人，而是暗含了對良將名臣的呼喚。只要有這樣勇猛的將軍，便可以讓人們過上和平的生活。

這首詩看似平常，寫的是古代常見的邊塞戰爭，但實際上卻指向一個隱藏的主

3 鏌鋣劍：即「莫邪劍」，古代的寶劍。相傳為吳王闔廬命干將鑄劍，雌劍為莫邪，雄劍為干將。

題：和平。畢竟，戰爭只是一時之事，人們世代追求、終生渴望的，都是和平的社會、穩定的生活。所以王昌齡說只要有奮勇殺敵的將軍、忠於家國的戰士，就可以抵禦外族的侵擾，還百姓以安寧。

詩裡沒有「笑談渴飲匈奴血」的膽魄，沒有「直搗黃龍」的野心，在詩人的心裡，只要能夠維護邊疆的平安、祥和，對敵人有震懾力就足夠了，並無攻城掠地、揮師搶占別國領土的意圖。而這份點到即止的和平的戰爭觀便是植根於傳統文化中的。

《論語》說：「禮之用，和為貴。先王之道，斯為美。」翻譯成現代文字，就是禮的功用以和為貴，君王治理國家，最寶貴的地方也正在於此。中國人向來性情溫順，恬淡如水，農耕文明的安定性決定了他們不喜歡游牧、打仗，或者開疆拓土，而是喜歡安安穩穩地過日子。所以，古人的戰爭，絕少是為了征服，而多是被迫還擊。即便拉開戰局，也是希望以短暫、勝利的戰爭換取更為長久的和平。如此一來，「戰」似乎就不再重要，「如何戰並快速結束戰爭」則變成了討論的焦點。

挽弓當挽強，用箭當用長。射人先射馬，擒賊先擒王。
殺人亦有限，列國自有疆。苟能制侵陵，豈在多殺傷？（杜甫〈前出塞〉其六）

杜甫說：挽弓一定要挽強弓，用箭一定要用長箭。強弓、長箭自然都是銳利的武器，有助於戰事的勝利。這些都是在說戰爭開始前如何準備自己的工具。接著就談到戰術的問題。如果射人的話，可以先射倒他的馬，馬倒了人自然也就喪失了戰鬥力。如果擒賊的話，應該先把他們的頭領抓住，一旦敵軍隊伍失去指揮陷入混亂，自然就對我方戰局有利。

為什麼要射馬、擒王呢？因為可以少殺人，且快速結束戰爭。所以，杜甫接著說，殺人是有限度的，每個國家都有自己的疆域。如果能夠制伏他們，不再忍受他們的欺凌和侵略，又何必多殺無辜的人呢？以最少的殺戮達成最大的戰果，正是傳統文化「和為貴」思想的體現。

《孫子兵法》說：「是故百戰百勝，非善之善者也；不戰而屈人之兵，善之善者也。」意思是說，百戰百勝雖然值得慶祝，但並不是最好的事情。能夠不經歷戰爭就讓對方投降，或者如飛將軍他們那樣鎮住敵兵，才是上上策，是最高的計謀和智慧。這一思想與杜甫的「守成」完成了精神內涵的一次完美對接，更將如水般的智慧演繹得淋漓盡致。小到個人恩怨，大到家國戰事，概莫能外。

文士膽，業就何須身後名

雖說「萬般皆下品，唯有讀書高」，但在古代，給讀書人預留的職位其實並不多。「學成文武藝，貨與帝王家」，只有走上仕途當上官員，才能為皇帝分憂，為國家出力，進而實現自己的人生價值。所以即便像李白那樣清高的人，骨子裡也希望被委以重任，成就一番事業。

但李白和很多人的不同在於，他不在乎高官厚祿，他在乎的是國家的昌盛和人民的幸福，隱居時候想的也是「濟世安民」。李白認為，只有真正實現國泰民安，自己才能放懷一切去做隱士。而他所處的時代，國家應該是需要他獻計獻策的。但他的推斷與皇帝的預期不符。皇帝召見李白，不是想用他的才學來安邦定國，只是想用他的才情來寫詩：稱讚楊貴妃美若天仙，歌頌皇帝英明神武，宣揚盛世王朝的輝煌成就。除此之外，李白在皇帝的眼中，沒什麼大用。所以李白很失望，在詩歌裡反覆表達自己的失意，寫了一組〈行路難〉。

路，指的就是自己的困境，很難找到自己的前途，覺得理想沒希望實現了。

金樽清酒斗十千，玉盤珍饈值萬錢。停杯投箸不能食，拔劍四顧心茫然。
欲渡黃河冰塞川，將登太行雪滿山。閒來垂釣碧溪上，忽復乘舟夢日邊。
行路難！行路難！多歧路，今安在？長風破浪會有時，直掛雲帆濟滄海。（〈行路難〉其一）

金樽、玉盤盛來美酒佳餚，面對朋友們的好意，我應該「一飲三百杯」才對，但不知道何故，我卻停下杯筷，胸中的鬱悶令我吃不下喝不下，拔劍四下環望，心中一片茫然。想渡黃河，結果冰川阻塞；想登太行，不料大雪封山。這兩句似乎正應了詩的題目「行路難」。李白不禁遙想歷史人物何其幸運：姜太公閒來垂釣得遇周文王，伊尹夢到乘船經過日月旁邊終被商湯重用。其實垂釣與乘舟都是在等待賢君降臨，到時自己便可從政，輔佐君王一展宏圖偉願。如今行路難啊，世路艱難，前途未卜，而這麼多的道路，我也不知道應該走哪一條——此處再次呼應了拔劍四顧時的茫然無措。

但李白畢竟是「詩仙」，他為塵世的追求而沮喪，卻總能令人看到他百折不撓的振奮精神。詩作最後，他說總會有一天，高掛雲帆，暢遊滄海，直抵心中的彼岸。這就是李白的自信——不管世事如何艱難，總有乘風破浪的勇氣和樂觀，描寫任何失意的生活時，都不忘在結尾處給人以光明和鼓舞。這是李白的風采，也是盛唐賦予他的獨特面貌。

同樣是感嘆人生坎坷，世路艱難，南朝詩人鮑照留給後人的就是另一種風格。「瀉水置平地，各自東西南北流。人生亦有命，安能行嘆復坐愁？酌酒以自寬，舉杯斷絕歌路難。心非木石豈無感，吞聲躑躅不敢言。」（〈擬行路難〉其四）鮑照筆下的日子，愁盡苦來，如水置平原恣意流淌，本想舉杯消愁，不想更添煩惱。人非草木，孰能無情？不過是忍氣吞聲不敢多言罷了。鮑照生活在南北朝時期，此時政局動盪，戰爭頻發，滿眼亂象。鮑照雖然也嘆懷才不遇，恨生不逢時，但他憂慮的不只是個人前途問題，還有對苦難人民的同情。這與李白筆下的「前途渺茫」有著不同的味道。李白「渡黃河，登太行」的遠大志向雖一時無法達成，但絕不至於流離失所，故而鮑照就沒有李白的那份氣定神閒，更沒有乘風破浪的自信與樂觀。這也是時代精神在他們各自身上留下的烙印。

李白生在天朝大國，做為曠世才子，他最大的委屈也就是抑鬱不得志，除此之外，真是滿腹豪情。某種意義上，「盛唐」二字已不僅僅指唐朝的某個歷史階段，也可以理解為整個唐代都彌漫著恢宏大氣的氛圍。而這種精神也深深影響了唐代的詩風。

荊卿重虛死，節烈書前史。我嘆方寸心，誰論一時事。
至今易水橋，寒風兮蕭蕭。易水流得盡，荊卿名不消。（賈島〈易水懷古〉）

當年荊軻刺秦，行至易水，高漸離擊筑，荊軻慷慨悲歌：「風蕭蕭兮易水寒，壯士一去兮不復還。」一天地愁雲，送行之人無不變色。後來荊軻雖不幸失手，但他肝腦塗地的熱忱與忠誠，卻令後世深深銘記。賈島在易水畔，想起荊軻的故事，便寫了這樣一首詩。他說荊軻用自己的節烈書寫了歷史，也為自己的人生寫下光輝的一筆。如今的易水橋上，寒風蕭瑟，依然有當年的肅殺之氣。易水東流，即便能有流盡的一天，荊軻的聲名也必千古流芳，分毫不減。可見賈島對這份俠義十分推崇。後人讀詩熟悉「郊寒島瘦[4]」，知道賈島寫詩專注，且擅推敲，卻不知道賈島的心裡也存著這樣的一份天地豪情、英雄氣度。

大風起，雲飛揚，得猛士，安四方。其實在古代文人的理念中，始終持有「齊家治國平天下」的願望，「為蒼生謀福祉」一直都是他們追求的理想。

> 天覆吾，地載吾，天地生吾有意無。不然絕粒升天衢，不然鳴珂遊帝都。
> 焉能不貴復不去，空作昂藏一丈夫。一丈夫兮一丈夫，平生志氣是良圖。
> 請君看取百年事，業就扁舟泛五湖。（李泌〈長歌行〉）

4 郊寒島瘦：本指唐代詩人孟郊和賈島的詩多峭冷、枯瘦之意，後亦用以形容詩文類似孟、賈二者的意境。

這首詩的大意是：天覆蓋著我，地承載著我，天地生我應該是有意義的吧。要麼不食人間煙火直接得道成仙，要麼追求功名利祿去帝都擔任更重要的職位。總之，生我應該是有意義的。不然的話，難道讓我既得不到富貴功名，也不能修煉當神仙嗎？這豈不是令我枉為七尺男兒，愧為大丈夫！大丈夫啊，就是要有志氣、有抱負，將平生的理想都放在建功立業之上。各位，可以看看這數百年間的事，我跟那些英雄一樣，等到功成身退的時候，就會乘一葉扁舟，雲遊五湖四海，過自己逍遙快樂的日子！

李泌的理想和春秋時的范蠡相似：治國平天下時，我可以為國為民生死不懼；一旦成就霸業，我反而功成身退，隱姓埋名，過自己隱居的生活。就像漢初的張良，他輔佐劉邦打敗了項羽，為漢朝江山的建立鞏固立下了汗馬功勞。但是，他卻不領賞，放棄高官厚祿，跑去尋仙學道，實際上這是另一種隱居的方式。這些人的身上都有共通性：他們並不貪圖榮華富貴，也不追求功名利祿，而是懷著「為萬世開太平」的心願，立志成就一番事業。

所以李泌說「業就扁舟泛五湖」，一旦實現了人生價值，完成了歷史使命，他便要功成身退，再不問世事。

從李白的壯志凌雲，到賈島的易水懷古，還有李泌建功立業後泛舟遊湖的心願，似乎可以看到傳統文人身上「安邦定國」的情結。借用《老子》的話，便是：「功遂身退，天之道也。」

第五章　常情也動人

草木心聲，志士情懷

「世界上並不缺少美，而是缺少發現美的眼睛。」尋常的蓮花到了宋代周敦頤的筆下便顯出不尋常的風采：「出淤泥而不染，濯清漣而不妖，中通外直，不蔓不枝，香遠益清，亭亭淨植。」和雍容富貴的牡丹相比，蓮的清幽、高潔、雅致和遺世獨立的個性，更見細水長流的君子之風。周敦頤將對生命的獨特體驗融合在其中，表面是讚頌蓮的清香，實際卻表達了自己「出淤泥而不染」的理想人格。這種「託物言志」的手法正是古人歷來所推崇的。

當自然界中的花草樹木被賦予了生命和感情，人們就很容易與自然惺惺相惜，休戚與共。哪一朵花正巧綻放了心中的情懷，哪一聲蟲叫唱出了曾經的憂傷與曖昧，那些潛藏在草木中的聲音，似乎與人類的心靈達到了某種共鳴。鳥語花香，是自然界的聲響，也是人們心聲的外放。

西陸蟬聲唱，南冠客思侵。那堪玄鬢影，來對白頭吟。
露重飛難進，風多響易沉。無人信高潔，誰為表予心。

這是初唐詩人駱賓王的一首名作。寫作此詩的時候，駱賓王因得罪武則天被收監下獄，故而此詩名為〈在獄詠蟬〉。秋蟬聲聲，駱賓王在監獄裡聽得陣陣心寒，一個「客」字意味深長。駱賓王覺得自己本不屬於此處，卻被關在牢中，所以他把自己當成客人。如此的心境，更禁不住蟬鳴。看到秋蟬黑色的羽翼，想到自己已經白髮蒼蒼，人無兩度少年時，自己也曾和秋蟬一樣高聲鳴唱，可如今卻被囚禁在獄中，一事無成。

這裡的「白頭」語意豐富。漢代卓文君因司馬相如移情別戀，寫下「願得一心人，白頭不相離」的詩句。駱賓王在此用「白頭」，寫出了自己不足四十歲便鬢髮花白的憂慮，也寫出了為情所傷的慘痛，可謂一語雙關。而這種黑與白的對比，不但令他傷感，也令聞者為之嘆息。

第五、六句寫的依然是蟬。說露水很重的時候，蟬因為蟬翼沾了秋露，所以沒辦法振翅高飛；風聲呼嘯時勢力很大，那麼小小的秋蟬，再大聲的鳴叫也很容易被風聲淹沒。所以，駱賓王不禁對蟬感嘆：「濁世昏昏，無人相信你的高潔，除了像我這樣的人之外，還有誰能夠知道你的心意呢？」此話似在對蟬低語，實則也是在安慰自己。蟬的心事沒人知道，難道駱賓王的志向就有人明白嗎？由蟬到人，層層遞進，最終將蟬的處境與人的心境合在一起。詩作結尾絲毫不見淺浮之意，反而頓挫有力，沉思哀婉，可見功力深厚。

駱賓王寫作此詩後不久便被釋放。但他出獄後繼續反對武則天當政，寫下著名的〈代李敬業討武曌檄〉，號召天下人群起討伐武則天。武則天看過他的檄文後，非但不怒，反而大讚其文采斐然，並感嘆這樣的俊才流落在朝堂之外，甚至成為逆賊，實在是宰相的失職啊！可惜的是，駱賓王投身反叛軍，最終兵敗身亡。但也有傳聞說，他逃到山裡隱居，九十歲大壽而終。不管身後傳說有多少種，他生前並沒有得到重用。當然，若是願意服從武則天的統治，以駱賓王的才學，自是不必只讓秋蟬來聽他低吟淺唱的。

但其實「詠蟬」也是一種文學傳統。清代沈德潛在《唐詩別裁》裡說：「詠蟬者每詠其聲，此獨尊其品格。」古人常說「餐風飲露」，正是用蟬的清高，傳達做人的風骨。而在唐詩中，最早誕生的一首詠蟬詩，不是駱賓王的作品，而是出自虞世南之手。

垂緌飲清露，流響出疏桐。居高聲自遠，非是借秋風。（〈蟬〉）

「緌」是古人帽帶下垂，結在下頜的部分，類似於蟬的觸鬚。垂緌是官宦、顯赫人士的一種身分象徵。第一句的意思是說，蟬垂下帽纓般的觸角吸飲清甜的露水。第二句說，蟬長長的鳴叫聲從稀疏的梧桐樹葉裡飄出來，非常響亮。這是什麼原因呢？最後兩句給了合理的解釋：只要身居高位，並不需要借秋風吹送，聲音自然可以傳得很遠。

「登高而招，臂非加長也，而見者遠；順風而呼，聲非加疾也，而聞者彰。」虞世南的意思是：一個人志存高遠，其人格魅力顯著，自然不需要靠權勢、地位來樹立自己的聲望。只要立身高潔，必然聲名遠播。

這首〈蟬〉被唐人列為「詠蟬三絕」之一。駱賓王說「露重飛難進，風多響易沉」，是一種不得志的抱怨，而虞世南的「居高聲自遠，非是借秋風」卻顯示出淡定的氣質、自省的精神。難怪唐太宗稱讚虞世南有「五絕」，認為他「德行、忠直、博學、文詞、書翰」等方面均是上品。

所謂「詩言志」，正是這個道理。古人詠蟬、詠春、詠梅，其真實意圖都不是為了描寫單純的自然，而是將自己的感情投射到大自然的世界裡，山川、江流、萬物，都奔騰出一種永恆的氣度，樹木、蟲鳥、花草，也都派生出無窮的理想和志趣。比如，歲寒三友「松、竹、梅」是靈魂純淨、人格高尚的代表，「蠟炬成灰」常被用來形容無私的奉獻，「落葉歸根」則體現了對故鄉的眷戀。在這些詠物的作品中，最著名的自然是陶淵明開創的「詠菊」詩。

菊花，沒有牡丹的華麗，蘭花的名貴，卻常常以迎風傲雪之姿態，獨得文人的喜愛。

秋叢繞舍似陶家，遍繞籬邊日漸斜。不是花中偏愛菊，此花開盡更無花。（元稹〈菊花〉）

詩人從比喻入手，將菊花與陶淵明的氣質迅速對接。陶淵明說「採菊東籬下，悠然見南山」，靜謐的菊花小院是陶淵明隱逸生活的象徵，也是他躲避塵世煩惱的棲息之所。元稹說，繞著這個院子走了很久，這裡菊花盛開，彷彿是陶淵明的住所，環境非常清雅。太陽已經快要落山了，我還是流連忘返，不忍離去。並不是因為我偏愛菊花，而是因為一旦菊花凋謝，自然界也便沒有別的花好欣賞了。只此一句，便點出了元稹愛菊的原因。

菊花歷盡風霜，通常是百花中最後凋落的一種。許多溫室裡的花朵早早凋謝，唯有菊花，可以迎風傲雪，守候最後的絢爛。也因此，在百花凋零的季節，人們會偏愛依然綻放的菊花，歡唱她的風骨，頌揚她的堅強。而元稹在這後凋的菊花中，參悟到的不僅是自然的哲理，還有人生的操守和堅持。

可見，元稹雖是詠菊，卻與駱賓王、虞世南他們一樣，都是透過對吟詠之物的稱頌，來寄託自己內心的理想與感情。「一花一世界，一葉一菩提。」唯有準確捕捉到詩人的真實用意，才能真正解開詠物詩的謎團，打開詩人的內心世界。

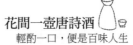

古往今來皆寂寞

緬懷古人，追慕先賢，是古典詩歌的傳統之一。詩人們通過憑弔舊時人事，感懷當下困境，藉以抒發自己的壯志雄心。所以，詠古詩一般的主題都是歌頌賢德之人，比如屈原、賈誼、諸葛亮等人。這些賢臣有一個共同特性：不管君主如何落魄，如何不濟，也不管自己受了怎樣的委屈，他們都要誓死陪在君王身邊，不離不棄，鞠躬盡瘁，死而後已。所以，後世不但稱頌他們的忠貞，也惋惜他們的才華。在唐代詠古詩中，詩人最青睞並不斷吟詠的理想人物，就是賈誼。

宣室求賢訪逐臣，賈生才調更無倫。可憐夜半虛前席，不問蒼生問鬼神。（李商隱〈賈生〉）

賈誼是西漢初著名文學家，也是政治家，少有才名，深得漢文帝的喜歡。但是由於才能太過突出，因而受到周圍人的排擠，賈誼被貶離京，抑鬱不得志。幾年後，文帝還是很欣賞賈誼的才華，所以就重新起用賈誼，再次徵召他入京，李商隱的詩寫的正是此事。

宣室是未央宮前殿的正室，因賈誼曾經被貶，所以李商隱稱其為「逐臣」。詩的大意是：漢文帝到處尋求賢才，而賈誼的才能無人能及。文帝深夜不眠，移動席子不斷靠近賈誼，以便能更密切地探討問題。那麼皇帝如此熱衷的問題是什麼呢？原來，漢文帝向賈誼請教的，並非天下蒼生的大事，而是些怪力亂神的奇談異聞。

整首詩構思奇妙，描寫細緻。從「逐臣」、「前席」都能看出漢文帝求賢若渴的心情和姿態，而賈誼的才華和觀點那更是無與倫比。通過前三句的細膩編織，塑造了「明君與能臣」這樣一種君臣關係，令讀者腦海中形成了深夜縱論天下大事的錯覺。直到最後一句才揭開謎底，悲哀地揭示，皇帝真正感興趣的並非社稷與黎民。所以，遇到這樣的皇帝，李商隱感慨：賈誼才華雖高卻無法施展，不能救濟蒼生萬民，只能回答皇帝所關心的一些鬼神問題。

表面上，李商隱嘲笑的是漢文帝，實際上他是諷刺晚唐許多皇帝求仙問道，不顧民生，不用賢才。生在這樣的時代，不管有怎樣大鵬展翅的期待，建功立業的夢想，都是沒辦法實現的。與其說李商隱在憐惜賈誼，不如說他在顧影自憐，哀痛自己的「懷才不遇」。這也是詩人們常常選擇那些符合自己理想的人物來進行讚頌的一個重要原因。唯有理想暗合，才能更好地抒發自己的情感。

比如，杜甫選擇的吟頌對象，便是諸葛亮。

丞相祠堂何處尋，錦官城外柏森森。映階碧草自春色，隔葉黃鸝空好音。
三顧頻煩天下計，兩朝開濟老臣心。出師未捷身先死，長使英雄淚滿襟。（〈蜀相〉）

到哪兒去找武侯諸葛亮的祠堂呢？只有到城外柏樹茂密的地方去找。柏樹森森，既顯莊嚴，也見靜謐，符合武侯的身分和氣度。臺階上，碧草深深，只有黃鸝在樹上兀自鳴叫。當年，劉備三顧茅廬請諸葛亮出山救濟蒼生，臥龍先生未出茅廬已預見到天下三分的局勢，可謂「雄才大略」。做為開國元老，承業賢臣，諸葛亮一生輔佐君王，鞠躬盡瘁，忠肝義膽。可惜的是，出師尚未成功卻病死軍中，以至於後世英雄每每提起，都替他悲哀，涕淚滿衣襟。

杜甫寫此詩的時候，安史之亂尚未平息，在江山社稷風雨飄搖的時候，杜甫想起了曾經披肝瀝膽的蜀相：當年的功勛已經被歷史磨滅，丞相祠堂荒草叢生，柏樹陰森，還有誰會在意呢？另一層深意就是，還有幾個人記得丞相的功勞呢？所以最後兩句尤其感人。

宋代愛國將領宗澤因無法殺敵報國收復失地，憤懣成疾，臨終時不斷吟誦這句「出師未捷身先死，長使英雄淚滿襟」，足見杜甫這首詩感人之深，影響之遠。

在這類詠古詩中，詩人在稱頌古代人物的同時，也表達了自己的心願和心聲，在慨嘆他們命途多舛、生不逢時之際，也抒發了自己對現世的情懷。所以，後人在吟誦這些篇章的時候，不僅想起諸葛亮，也感嘆起杜甫，會產生雙重的悲傷和同情，也會對前後兩個時代有清晰的比較和深刻的印證。

當然，吟詠諸葛亮的詩人並不多，唐代詠古詩中熱度最高的人物，除了之前提到的賈誼，還有一位便是王昭君。

王昭君位列中國古代四大美女之一，在漢元帝的時候被選進宮裡。但那個時候皇帝一般不直接召見待選後宮佳麗，而是讓畫師給這些女子畫像，憑畫像上的模樣評判美醜，決定是否寵幸此人。很多女子為了爭取見到皇上就給畫師行賄，希望畫師能把自己畫得漂亮一點。王昭君自恃貌美，所以就沒給畫師行賄，結果被畫師畫得很醜，進宮幾年始終都沒機會見到皇上。正趕上有一次匈奴單于來朝拜漢朝，漢元帝為了顯示邦交友好，就決定選五名宮女嫁給他。王昭君覺得自己進宮幾年都沒見過皇上，心裡很委屈，一時生氣就主動提出要遠嫁匈奴，做和親的「使者」。

按照當時的禮節，待嫁匈奴單于的女子臨行時，要接受漢天子的賜宴。結果，昭君一出場，美貌無雙，豔絕天下。漢元帝當時就後悔了：「這麼漂亮的美女，我怎麼從來沒見過啊？」心下萬般不捨。但身為國君，一言九鼎，也沒法收回啊，只能忍痛割愛了。所以，昭君還是被嫁給了單于，後來死在了匈奴。

後世大多稱讚王昭君大義凜然，將家國大義放在個人情愛之上，將中原文化帶到了匈奴，將和平與安定還給了漢朝。但實際上，對昭君本人來說，那麼多年在漢宮的「懷才不遇」是人生的大不幸。所以李白對這個故事非常感慨，寫了一首很著名的詩：

> 漢家秦地月，流影照明妃。一上玉關道，天涯去不歸。
> 漢月還從東海出，明妃西嫁無來日。燕支長寒雪作花，蛾眉憔悴沒胡沙。
> 生乏黃金枉圖畫，死留青塚使人嗟。（〈王昭君〉）

面對昭君遠嫁，李白不禁感嘆：長安附近，月光如流水一般傾洩在明妃的身上，一步走上這玉門關，從此天涯路遠，有去無還。漢代的月亮依然日日從東海升起，但明妃西嫁，卻永遠也沒有再回漢地的可能。燕支山常年嚴寒，只有將雪花當作鮮花了。而那傾國傾城的美人昭君，也只能漸漸憔悴，並最終埋沒在胡地的風沙中。活著的時候，昭君沒有拿黃金送給畫師，死後只能留下一堆青塚令人嘆息。

李白在昭君的身世中看到了自己的悲哀，「士為知己者死，女為悅己者容」。昭君天生麗質卻沒能被天子賞識而被貶冷宮，跟滿腹經綸卻不被重用的李白，有著極其相似的悲劇。李白吟詠昭君的痛苦，也深深地嘆息自己的失望。詩作全篇都是感傷，既是惋惜昭君的命運，又何嘗不是自憐「懷才不遇」。

然而縱觀唐代歷史，從唐朝開國到安史之亂爆發前，唐朝的發展可謂是順風順水。杜甫有詩云：「稻米流脂粟米白，公私倉廩俱豐實。」可見國運亨通，人們衣食無憂。而科舉考試的大力推廣，也令寒門出身的才俊有了走上仕途的機會。尤其是對文藝的重視，更是達到了歷代所沒有的巔峰；上自皇帝，下至盜匪，都對唐代詩人尊敬有度，禮遇有加。

即便如此，唐代很多詩人依然會有「壯志難酬」的傷感，就連唐代頂尖級詩人李白、杜甫他們對此也無法釋懷。究其原因，應該是因為自己的人生期待無法充分實現而產生的巨大心理落差。而唯一能填補這份失落的就是詠古詩，藉由前人的故事，慰藉自己傷感落寞的內心。

古今如此，何須執意。

君子之交，手足之情

人們常根據自身的需求來定義「朋友」的概念。有人喜歡結伴吃喝玩樂，有人偏重利益關係往來，有人希望秉持共同理想與追求。大千世界氣象萬千，朋友自然也是各有不同。總體上說，從朋友的選擇這件事中，能看出一個人的性格、學養和氣度。「同心為朋，同志為友」，能否志同道合顯得非常重要。因為擇友要求高，所以朋友間的感情非常深摯。

先看一首送別朋友的詩。

故人西辭黃鶴樓，煙花三月下揚州。孤帆遠影碧空盡，唯見長江天際流。（李白〈送孟浩然之廣陵〉）

一種說法是這首詩寫於李白和孟浩然的第一次相遇，另一種說法是，李白和孟浩然早在幾年前就相遇了，二人讚賞彼此的才華，惺惺相惜，引為知己。此番重逢，是李白得知孟浩然要去廣陵，所以相約在黃鶴樓，互訴衷腸。

在這首詩中，李白的感情含蓄又深厚，他說孟浩然就要去廣陵了，我看著他離開黃鶴樓，在這春光爛漫的三月乘船遠航。那孤獨的船帆已經漸漸消失在雲海藍天之中，唯有無盡的江水翻滾著流向天邊。

孟浩然已經走了，但李白依然佇立在樓上眺望。滔滔江水，股股真情，綿延不絕。這首詩雖然沒有直接寫離愁，但那不忍朋友離去的孤寂，對朋友的眷戀，卻被襯托得淋漓盡致。

李白對孟浩然的喜愛眾所周知，他寫了很多詩送給孟浩然：

吾愛孟夫子，風流天下聞。紅顏棄軒冕，白首臥松雲。
醉月頻中聖，迷花不事君。高山安可仰，徒此揖清芬。（〈贈孟浩然〉）

李白對孟浩然的感情，在這首詩裡似乎得到了充分的展示。開篇起筆，李白就剖白了自己的心意：「我喜歡孟浩然，他的風流瀟灑，天下皆知。」接著，李白解釋了自己如此喜歡孟浩然的原因。他說孟浩然很年輕的時候就放棄了仕途，到老年更是臥在松林之間開懷暢飲。孟浩然不願意侍奉君王，只迷戀花草，懂得生活的樂趣。如此，一位醉臥林泉、孤高自傲且隨性瀟灑的詩人形象就被確立起來了。但只有這一層似乎還不夠，李白在開篇點題，渲染鋪敘後，再次直抒胸臆，將對孟浩然的仰慕推到了極致。他說孟浩然的美德高山仰止，簡直猶如清香的花朵般可以自然地散發出迷人的芬芳，所以呢，他對孟浩然的品格唯有致以最高的敬意。

這裡有個值得注意的問題：李白一生積極入世，為什麼卻對安貧樂道的孟浩然「情有獨鍾」呢？

想讀懂李白詩作裡的複雜情緒，首先要瞭解李白的性格。

李白生性浪漫自由，無拘無束，他雖然表現出了對「功名」的熱衷，但實際上真正熱衷的不是功名利祿，而是建功立業。李白非常崇拜范蠡、張良這類人，一方面，他們能夠在國家危難時挺身而出成就大業，另一方面，他們也懂得功成名就時退出塵世的紛爭，遠離權力的爭鬥，做一個真正全身而退的隱者。基於這種理想，李白始終對自由的田園生活充滿嚮往。而孟浩然早年也曾求取功名，但不第後便欣然隱居，且終生不再出仕。同時，孟浩然以布衣終老卻名聞天下，才學和修養皆為上品。這樣的經歷和名望，恰好符合李白對成就理想後罷棄功名的自我期待。所以，李白始終對孟浩然懷有仰慕之意。

因為李白擇友的標準較高，所以他對朋友的感情非常真摯，不管是權貴還是布衣，不管是升官還是被貶謫，只要是李白認定的朋友，都能得到他的真心相待。

楊花落盡子規啼，聞道龍標過五溪。我寄愁心與明月，隨君直到夜郎西。（〈聞王昌齡左遷龍標遙有此寄〉）

李白在外漫遊時，聽說王昌齡被貶官了，所以立刻寫下這首七絕送給好友，寄上自己的慰問之情。

「楊花已經落盡了，杜鵑卻在不斷地哀啼。」好友被貶的消息，讓本就淒涼的暮春顯得越發哀怨。「我聽說你遭到了貶官，要去揚州了，路上要經過五道溪水（辰溪、酉溪、巫溪、武溪、沅溪）。」唐代時，湘黔交界處被看作是蠻荒的不毛之地。如此情景，耳邊是杜鵑的悲啼，眼前是飄落的楊花，詩人多情敏感的心與周圍的景物交織在一起，想到遠方好友即將面臨的惡劣生活，更是備極惆悵。既然不能送別，「只能將我對你的擔憂和思念都寄託給明月了，讓明月帶著我的這些感情和心意，陪伴你一直走到夜郎（地名）以西吧。」

王昌齡此番左遷，據說並無大過，只是因為生活細節而被人毀謗，也有說是因為他恃才傲物得罪了同僚，故而遭排擠。所以王昌齡曾寫下「洛陽親友如相問，一片冰心在玉壺」的詩句以示清白。但不管哪種說法，升遷貶謫，起伏成敗，都是仕途乃至人生的常態。一個人順風順水一切盡如人意時，也許並不需要朋友太多的鼓勵和安慰；可是，當一個人遭遇失敗或失意時，朋友的鼓勵就會顯得尤其重要。幾乎所有人都希望在自己遇到困難時能有朋友風雨同舟，卻鮮少有人思考，該用什麼樣的感情來保持最初的相知。所以李白對王昌齡的理解與守望，可說是雪中送炭，彌足珍貴。

李白一生蔑視權貴，對孟浩然的布衣身分、王昌齡的遭貶官並不介懷。在他的心裡，朋友的志向與情操，遠比朋友的身分和地位重要。也正是李白的至誠與長情，令他同樣收獲了珍貴的友誼。

涼風起天末，君子意如何。鴻雁幾時到，江湖秋水多。
文章憎命達，魑魅喜人過。應共冤魂語，投詩贈汨羅。（杜甫〈天末懷李白〉）

安史之亂後，李白誤判政治形勢，追隨後來被定性為叛亂的永王，結果兵敗入獄，被判長流夜郎。杜甫得知此事，寫下了這首懷念友人的詩作。全詩籠罩在愁雲慘澹的秋色中，先寫秋風，再說秋水，談文人的命運，也痛惜好友的經歷。在李白被流放期間，杜甫寫了很多懷念李白的詩作。他說屈原品德高潔卻被放逐，最後在悲憤中自沉殉國，乃千古奇冤。在杜甫眼裡，李白受到的屈辱和憤懣堪比屈原，恐怕只能寫詩投進汨羅江了。言外之意，只有屈原才能懂得李白的遭遇。得此知己，夫復何求！

作家聞一多曾評價李白與杜甫的相遇，就如晴天時行走的太陽遇到了月亮。可見這份友誼該有多麼可貴。陶淵明說：「落地為兄弟，何必骨肉親。」世間所有真心相待，怕是都有此番滋味吧。

唐詩中，涉及「朋友」這一主題的詩作數量巨大。而唐代詩人「珍惜友誼，善待朋友」的美名，也就這樣被傳誦了下來。

美景與深情

「採菊東籬下，悠然見南山。」東晉詩人陶淵明開創的田園詩派，題材多以村野景致、鄉居生活以及農人勞作為主。到了唐代，尤其是盛唐期間，這種「田園詩」呈現出全面發展的蓬勃態勢，為隱居不仕的文人和從官場退居鄉間的官宦們提供了寶貴的創作素材。

桃紅復含宿雨，柳綠更帶朝煙。花落家童未掃，鶯啼山客猶眠。

這是王維的一首小詩，直接取名為〈田園樂〉。

紅紅的桃花上還含著昨夜的雨露，綠色的柳條上也沾滿了清晨的煙霧。落花滿園，家童還沒來得及清掃，黃鶯在清脆地啼叫，山客還在睡夢中酣眠。

在王維的這首詩中，田園生活的美麗畫卷徐徐展開。早春，低低的霧靄夾雜著氤氳的水氣。清晨，凝霜含霧，昨夜被春雨打落的花瓣散落在院中。雨後鄉村的田園顯得生意盎然，空氣清朗。粉紅的桃花，碧綠的柳條，一切都帶著春天的氣息。夜雨催花，落英滿園，寂靜的清晨裡劃過黃鶯的歡叫，一切又都消融在羈客甜美的夢境中。所謂「詩中有畫，畫中有詩」當作如是觀。

王維被後世譽為「詩佛」，因為他常站在世俗拐角處，用佛學的理念來彌合「官與隱」之間的縫隙，更充分地發掘出田園的樂趣。也因為遠離官場的鉤心鬥角、市井的凡俗喧囂，他更容易接觸鄉間農人的樸實情感，更願意親近自然山水和四季更迭的美景，更喜愛鄉居田間的野趣。他興趣盎然地建造了屬於自己的「人間樂園」，同時又以大量的田園詩作，記錄了自己「世外桃源」般的生活。

斜光照墟落，窮巷牛羊歸。野老念牧童，倚杖候荊扉。
雉雊麥苗秀，蠶眠桑葉稀。田夫荷鋤至，相見語依依。
即此羡閒逸，悵然吟式微。（〈渭川田家〉）

夕陽晚照映紅了村落，放牧的牛羊也紛紛走進村巷。老人惦念著放牧的孩子，拄著拐杖，倚著門扉，等著他們回來。野雞的鳴叫聲中，小麥即將抽穗。吃飽了桑葉的蠶也開始漸漸休眠。荷鋤歸來的農夫們彼此寒暄，悠遊地聊著家常。一切都被夕陽鍍上了金色。在這醉人的金色中，在這美好的景致前，詩人禁不住羨慕起農村生活的舒心與悠閒，體會到一種超脫官場的寧靜與安詳。此情此景，令王維忽然想起〈式微〉。

〈式微〉乃《詩經》中的名篇，「式微，式微，胡不歸？」意思就是：天黑了，天黑了，怎麼還不回家？於是有評論說王維的這首詩表現了他的退隱精神。

但縱觀王維一生，他厭惡官場卻又不能決然而去，留戀田園卻不能棄絕功名利祿，所以始終過著半官半隱的生活。遊刃在官場，卻能守住內心的寧靜；縱橫於江湖，亦同樣心繫隱逸生活。或許這才是王維最喜歡的心之樂園。

田園之美，不但感染打動了王維、孟浩然這些本就喜山樂水的詩人，就連詩風一向沉鬱頓挫的大詩人杜甫，也願意將身心安放在田園的美景中，感受那份真實與生動。

黃四娘家花滿蹊，千朵萬朵壓枝低。留連戲蝶時時舞，自在嬌鶯恰恰啼。（〈江畔獨步尋花〉其六）

杜甫的大部分詩歌，都凝結著濃重的哀愁，所以後世常覺得他「苦大仇深」。倒是這首小詩，筆調輕快流暢，一洗往日的愁怨形象。

彼時的杜甫已在成都浣花溪畔建了一座草堂作為安身之地。經歷了顛沛流離後，他更加珍惜這份來之不易的安定。他在江畔散步，賞花，看春天蓬蓬勃勃地降臨，那份春暖花開的喜悅也在字裡行間不斷地迸發出來，成就了這首著名的詩篇。

黃四娘家盛開的花朵遮滿了小路，千萬朵花奮力綻放把樹枝壓得很低。彩蝶留戀花朵的芬芳，在花間飛舞，自在可愛嬌嫩的黃鶯在「恰恰」地歡快啼叫著。春天裡，繁花似錦，蝶舞鶯啼，景色美不勝收，田園風光帶來的快樂不言而喻。

但鄉居田園，最動人的不單是看不夠的美景，還有訴不盡的鄉情。

舍南舍北皆春水，但見群鷗日日來。花徑不曾緣客掃，蓬門今始為君開。盤飧市遠無兼味，樽酒家貧只舊醅。肯與鄰翁相對飲，隔籬呼取盡餘杯。（〈客至〉）

杜甫說：在我茅舍的南北兩側都漲滿了春水，鷗群整日飛來飛去，環境幽雅靜謐。我的花徑已經很長時間沒有清掃過了，落花無數，卻不曾有客來臨。今天聽說朋友要過來，緊閉的大門也將因之而大開，酣暢淋漓的快意揮灑自如。等朋友來後，又可見到杜甫頻頻勸酒：自己家離菜市場太遠，只能吃點簡單的飯菜；買不起太昂貴的酒，也就只能喝點隔年的陳酒。雖不闊綽，但這待客的熱情直率與家中無新酒的愧疚，都顯得十分純樸而可貴。

最有意思的是，大詩人與朋友對飲，酒逢酣處，想到隔壁老翁，於是隔著籬笆高喊：我的朋友來了，你也過來一起喝酒啊！詩作至此戛然而止，雖然沒有寫後面的歡鬧，但料定會比杜甫停筆時的場面更為熱烈歡騰。鄰里間真摯的鄉情也得以充分展現。

杜甫這種隔著籬笆招呼鄰居飲酒的樂趣，現代人恐怕很難體會。現在沒有青山綠樹的陪伴，更休提落花滿園的情致。一扇扇加固的防盜門，隔開了距離，阻斷了交流。在新興的陌生化社會中，周圍鄰居姓甚名誰尚且不知，何談舉杯共飲。古人的田園生活，彼此不設防，村舍雖不豪華，酒席也未必豐厚，但能如杜甫那樣呼朋引伴，舉杯暢飲，也稱得上是賞心樂事了。而在描寫質樸的田園生活中，孟浩然的詩也是不容忽視的。

故人具雞黍，邀我至田家。綠樹村邊合，青山郭外斜。
開軒面場圃，把酒話桑麻。待到重陽日，還來就菊花。（〈過故人莊〉）

當老朋友準備好了飯菜，便邀請孟浩然到他家做客。樸實的農家坐落在青山綠樹之中，整個村子猶如被綠樹環抱，郊外的山上蒼松翠柏，一片碧綠。打開窗子，映入眼簾的就是打穀場和菜園子，孟浩然和朋友邊喝酒邊討論家長裡短的瑣事。宴罷歸家，還依依不捨，相約重陽時再到這裡賞菊飲酒，傾訴人生的酸甜苦辣。

這首詩寫得很平淡，沒有亭臺樓閣的典雅，也沒有奇花異草的神祕，甚至連山珍野味都沒有，不過是吃些黃米飯和普通雞肉。但就是如此普通的農家小院，外面是菜園、穀場，朋友家和鄰居家的小孩子們在房前屋後跑來跑去，嬉笑歡鬧。孟浩然開懷暢飲，與朋友聊著莊稼的收成、農村的生活。

粗茶淡飯並不打緊，重要的是與朋友相聚。時間長河裡汩汩流淌著彼此的情誼。小時候爬過同一座山，游過同一條河，在同一個池子裡洗過墨……綿長的光陰裡，不斷展開的是田園生活之外歲月賜予的快樂。所以，雖然這只是一幅普通的農家景象圖，但因為這份樸素而顯得格外令人動情。

田園風光總是有限的，無外乎春天的碧綠、秋天的金黃，但田園的情誼卻可以無限延展，是高呼鄰居喝酒作陪的豪爽，也是平凡生活中每一次溫暖的相聚。田園詩歌長久的魅力正在於此。

今夜月明人盡望

古典文學的書寫中，最遙遠又最熟悉、最浪漫也最美好、最優雅卻最清冷的存在，便是明月。驕陽散盡餘暉後，清澈如水的月色便流淌進人間。日裡的喧囂熱鬧就此沉寂，團聚的家人在院中或窗下圍坐賞月，飲茶吃果，談古論今。所以月亮一直是團圓的象徵。

但月亮也會變化。有時變化形態，有滿月，也有彎月，像塵世的相聚或離別；有時變換地點，能隱沒在邊關大漠中，也能吊掛在紅樓綠窗前，為所有相思的人兒穿針引線。於是，人們通過天地同光的月色，共賞人間這片美好，傳達彼此深摯的思念。

海上生明月，天涯共此時。情人怨遙夜，竟夕起相思。

滅燭憐光滿，披衣覺露滋。不堪盈手贈，還寢夢佳期。（張九齡〈望月懷遠〉）

唐代詩歌可謂繁星閃爍，無論是佳句還是佳篇，能流傳千年至今仍令人們耳熟能詳的，細品起來都有絕妙之處。比如張九齡的這首詩，開篇只用了十個字，就奠定了開闊的意境、永恆的美感。「遼闊無邊的大海上升起一輪明月，想到遠方的親人，此時雖然遠隔天涯，卻能共賞同一輪明月。」這兩句詩，言簡意賅，意境開闊，意蘊無窮，只用最簡約的詩句便概括了全詩的基調，顯出古樸醇厚的詩歌之美，確屬難得。此時的張九齡受李林甫排擠已被罷相、貶官，遠離親人。對他來說，一輪明月，千里相思，也算是種寄託吧。

接著，詩人詳述思念。「情人」，是指詩人自己乃是多情之人。「情人怨遙夜」是說詩人因為思念親友，輾轉難眠，不由得抱怨長夜漫漫，將相思也慢慢拉長，所以詩人整夜都在經歷思念的煎熬。詩人吹滅了蠟燭，卻發現月光依舊滿滿地鋪在房間裡，這撩人的月色是吹不滅的。披衣而起，在庭院裡徘徊，露水打溼了衣衫，才覺出更深露寒。可惜啊，這麼好的月光，我卻不能親手捧到你面前送給你。算了吧，還不如回到屋裡睡覺去，希望能做個美夢，以期與你在夢中相聚。全詩純淨自然，又不失真摯情感，那種輾轉反側和孤枕難眠的情緒，在結尾處依然環繞，餘味無窮。

「人有悲歡離合，月有陰晴圓缺，此事古難全。」雖說明知月不長圓，但詩人們依然懷著美好的希望，期盼著夜夜人圓。

今夜鄜州月，閨中只獨看。遙憐小兒女，未解憶長安。
香霧雲鬟溼，清輝玉臂寒。何時倚虛幌，雙照淚痕乾。（杜甫〈月夜〉）

寫這首詩的時候，適逢安史之亂爆發，叛軍攻入潼關，杜甫攜家小避難。後來杜甫聽說唐肅宗即位，打算為國效力，幫皇帝平定叛亂，於是趕去助陣。不料，剛啟程就被叛軍抓住，囚禁在長安。明月當空，杜甫思念起自己的家人，於是寫下了這首感人至深的名篇。

詩作起筆，杜甫沒有寫自己被困在長安的情景，而是穿越時空，想到此時正在鄜州（今陝西省富縣）的妻子。明月皎皎，她獨自坐在閨中，想必也是在思念自己吧。可惜的是，幼小又不懂事的兒女們，天真爛漫，根本不懂何為思念，更別說惦記遠在長安的父親了。夜深不能寐，只有妻子一個人孤獨地望著月亮思念著我。緩緩瀰散的霧氣漸漸打溼了她的雲鬟，清涼的月光也冷冷地照射在她的玉臂上。一輪月，兩地情，何時才能結束這痛苦的生活，倚著窗前的幔帳共賞明月呢？到時候，我們也便不用再對月垂淚了！

為什麼月色能給人如此多的情思呢？一是關於月宮的神話非常浪漫，但又很淒涼。「嫦娥應悔偷靈藥，碧海青天夜夜心。」廣寒宮幽僻清冷，嫦娥是否也與離家的遠人一樣，飽嘗孤寂之苦？二是月亮的圓缺變化正對應了人世的聚散。聚也匆匆，散也匆匆，誰不是匆匆忙忙，來來往往，就像月亮圓了又缺，缺了又圓？三是月光亙古不變，人生充滿無常。「今人不見古時月，今月曾經照古人。古人今人若流水，共看明月皆如此。」（〈把酒問月〉）這是李白對「月與人」的思考，也是對「永恆與無常」的感嘆。今天的人已經看不到古時的明月，而今天的月亮卻曾經照耀過古人。古人和今人，不管多麼鮮活的生命，最後都像流水般流逝了。但他們都曾對月感傷，望月懷遠，或許也都曾在月下有過同樣的追問。歷史的背景不斷變換，但人們心中的情意卻永遠相通。千古情思，終究抵不過一束皎潔的月光。

雖說李白對「月照人間」有著深刻的理解，但將「明月」這一意象演化到古今詩歌高峰的，卻是比李白出生更早的張若虛。張若虛是開元年間著名的「吳中四士」之一，至今存詩僅有兩首，其中〈春江花月夜〉以「孤篇蓋全唐」的美譽傳唱千古，被聞一多讚為「詩中的詩，頂峰上的頂峰」。

春江潮水連海平，海上明月共潮生。灩灩隨波千萬里，何處春江無月明！
江流宛轉繞芳甸，月照花林皆似霰。空裡流霜不覺飛，汀上白沙看不見。
江天一色無纖塵，皎皎空中孤月輪。江畔何人初見月？江月何年初照人？
人生代代無窮已，江月年年只相似。不知江月待何人，但見長江送流水。（〈春江花月夜〉節選）

這首詩包含了「春、江、花、月、夜」五種景色，這五種意象都包含了自然的循環往復與人世的更迭：輪迴的春天，流動的江水，花落花開，光耀古今的明月，永恆降臨的夜色。張若虛通過對這一系列景色的描摹，指出「人生代代無窮已，江月年年只相似」。

不知道江月在等待誰，卻能看見滾滾長江送流水，代代不絕。日更日，年復年，這江水、月色都依然清新如昨，可那些曾經對月長嘆、對花流淚的詩人，卻已經長存在歷史的遺跡中。唯有那月亮，陰了又晴，缺了又圓，攜著千年的情思，依舊盤桓在如今的夜空。

王建有詩云：「今夜月明人盡望，不知秋思落誰家。」

今晚月色皎潔，人人都望著明月，只是不知道這惆悵的秋思會落在誰家庭院裡，心頭上，筆墨下……

第六章

舊時光的滄桑

年年花開，歲歲雁回

「洗手的時候，日子從水盆裡過去；吃飯的時候，日子從飯碗裡過去；默默時，便從凝然的雙眼前過去。我覺察他去的匆匆了，伸出手遮挽時，他又從遮挽著的手邊過去，天黑時，我躺在床上，他便伶伶俐俐地從我身上跨過，從我腳邊飛去了。」朱自清這段輕盈的文字看似不著閒愁，實則飽含了對時光匆匆而去的惆悵。

時間像一條無盡的鐵軌，來自遙遠的過去，通向更遙遠的未來，漫無邊際地鋪展在每個人的眼前。人們在這無邊無際的時間旅程裡，截取一段光陰，度過一段人生。「神龜雖壽，猶有竟時；騰蛇乘霧，終為土灰。」不管是否承認，能否接受，或如何看待，時光都如滔滔江水般一去不復返，留下數不清的劃痕。

洛陽城東桃李花，飛來飛去落誰家？洛陽女兒惜顏色，坐見落花長嘆息。

今年花落顏色改，明年花開復誰在？已見松柏摧為薪，更聞桑田變成海。
古人無復洛城東，今人還對落花風。年年歲歲花相似，歲歲年年人不同。
寄言全盛紅顏子，應憐半死白頭翁。此翁白頭真可憐，伊昔紅顏美少年。
公子王孫芳樹下，清歌妙舞落花前。光祿池臺文錦繡，將軍樓閣畫神仙。
一朝臥病無相識，三春行樂在誰邊？宛轉蛾眉能幾時？須臾鶴髮亂如絲。
但看古來歌舞地，唯有黃昏鳥雀悲。（劉希夷〈代悲白頭翁〉）

洛陽城東開滿了桃花與李花，隨風飄蕩，飛來飛去，不知道落在了誰家？洛陽的女子容貌嬌美，看到桃李花落很是感慨，所以發出長長的嘆息。她感慨：今年花朵褪色凋零雖然被她看到了，但明年桃李發新枝、長新芽，不知道那時欣賞繁花似錦的人又會是誰？隨著時間的推移，那些曾經挺拔的松柏後來被砍作薪柴，那些高山陸地也被移除變為汪洋大海。大自然的鬼斧神工能改變一切。星移斗轉，萬千變幻。「人事有代謝，往來成古今。」

古人已經不會再經過洛陽城東了，更不會慨嘆洛陽城東的桃李花；而今天的人卻依然在對著風中落花傷感。為什麼傷感呢？因為——年年月月，都是同樣的花開花落；月月年年，賞花的人卻早已各不相同。

這首〈代悲白頭翁〉中最著名的詩句便是：「年年歲歲花相似，歲歲年年人不同。」推杯換盞之際，哀傷落寞之時，人們似乎總能想起這句詩並輕輕吟誦。一是因為由花及人，詩句對仗工整，而且意境流暢，藝術感染力強。二是因為這句詩包含了「自然的恆常」與「人生的無常」這樣矛盾性與審美性的對比，含義豐富，哲思深遠。同時，這句廣為傳頌的佳句也算是對全詩前半部分的總結：從嘆息春光易逝到感慨紅顏易老。

詩的後半段寫的主要是白頭翁的人生經歷。說這位白頭翁也曾是一位翩翩美少年，那時候，他常跟公子王孫在一同玩樂，輕歌曼舞，樹下花前。他也曾像歷史上那些奢靡的權貴般經歷過富貴的生活。但一朝臥病在床就無人理睬了，曾經的三春行樂、歡歌豔舞，如今又到哪裡去了呢？

這句「三春行樂在誰邊」彷彿是疑問，其實包含了傷感的答案。因為它不僅是白頭老翁感慨無人問津的淒涼，也跟前半段洛陽女子看到春花凋落時的感懷相通。

「明年花開復誰在」，明年花開的時候，誰欣賞繁花似錦的春天呢？從洛陽女子到白頭老翁，以前後發問的方式彼此呼應，更好地凸顯了主題。「宛轉蛾眉能幾時？須臾鶴髮亂如絲。」曾經明眸皓齒好顏色的少女，終會變成無人理睬、白髮蓬亂的衰婦，而且這種變化對於人生來說，不過是須臾之間的事。俗語說：「年輕莫笑白頭翁，花開花謝幾日紅。」春光易逝，紅顏易老，短暫的人生裡，沒有什麼能夠永存。最後一句「但看古來歌舞地，唯有黃昏鳥雀悲」，更是加重了全詩悲傷的氣氛：且看古往今來曾繁華喧鬧、歌舞歡宴的場所，到如今怎麼樣了呢？不過就剩下幾隻雀鳥在黃昏的暮色中空自悲鳴。從個體時間的流逝，延伸到歷史興衰的感嘆，再以「悲」字結束全詩，可謂幽怨哀婉至極。

劉希夷的〈代悲白頭翁〉全詩彌漫著淡淡的哀愁，以「紅顏」與「白頭」相對，從「春光易逝」推演出無限寬廣的世界觀：宇宙恆久，而人世無常。其中「年年歲歲花相似，歲歲年年人不同」則更是對這一自然規律進行了深刻的總結。按《大唐新語》的說法，這句詩徵兆不祥，所以劉希夷寫作此詩不到一年就被人害死了，實為「一語成讖」。另有傳聞，說劉希夷的舅舅宋之問非常喜歡這兩句詩，跟劉希夷商量能不能將這兩句的「版權」讓渡給自己，結果被劉希夷斷然拒絕。宋之問因此懷恨在心，於是派人將外甥害死。無論傳說是否屬實，當鮮花再次盛開時，寫詩的人已不幸亡故，不禁令人感嘆，「年年花相似，歲歲人不同」！

《莊子．外篇．知北遊》云：「人生天地之間，若白駒之過郤，忽然而已。」和浩渺的宇宙、無窮的時空相比，人的生命微如一粒塵埃。但恰恰因為這份短暫，人們才能在悲歡離合的背後，透過經典的詩句，體會自然的博大與恆常，感悟人生的短暫與無奈，進而對時間產生深深的敬畏與珍惜。無論是關於個體的生死還是歷史的興衰，唐代詩人在詩作中表現出的都是關於「時光」的哲思。

「山川滿目淚沾衣，富貴榮華能幾時。不見只今汾水上，唯有年年秋雁飛。」（李嶠〈汾陰行〉）據說這四句詩曾唱到令唐玄宗落淚，直誇李嶠是真才子。

秋雁年年飛，繁花歲歲開。萬物恆長，奈何人生短暫。唯有詩人們拚盡生命寫下的泛黃詩句，能穿越千年，閃耀著永恆的光輝。

最美是春華

詩家清景在新春，綠柳才黃半未勻。若待上林花似錦，出門俱是看花人。（楊巨源〈城東早春〉）

詩人最愛的便是早春。一是因為空氣清新，帶著春回大地的勃勃生機；二是因為萬物萌發，所有的枝杈芽葉都剛剛露出頭角，最易勾起詩情。楊巨源毫不掩飾對早春的喜愛——清新的景色，宜人的新春，綠柳初萌，露出嫩黃色的柳芽，而這鮮嫩的柳芽還未能均勻地遍布柳身，只稀疏地點綴在早春裡。

春寒未退，百花未開，詩人為什麼喜歡春天初露的萌態呢？詩人給出的答案是：如果等到上林苑繁花似錦時，那麼京城將會擠滿看花的人！為什麼花團錦簇時，會有那麼多人來看花呢？原來，唐朝時進士及第的人有在長安城看花的習俗。

那麼，繁花滿地時，愛花的人自是前來賞花，那些載譽而歸的科場新貴自然也都來看花，所以到時「俱是看花人」。

理解到這層，就能明白詩人喜愛早春的「言外之意」了。那些已經譽滿枝頭的人才固然是國家的棟梁，而那些新柳中的嫩芽，也是值得重視和提拔的，更應格外珍惜。可見，詩人描寫春天，並非只是欣賞桃紅柳綠的風景，而是在春色中注入了「惜春」的情感。

四季中的春，短暫而又美好，稍縱即逝，所以許多詩人愛春、惜春，也願意邀三兩好友共度春光，既能心曠神怡觀春色，又能詩文唱和酬知己，確為一件樂事。韓愈就特別喜歡邀請朋友出來春遊，遊玩結束還喜歡寫詩送給朋友。

長慶二年（八二二年）早春，韓愈邀請兩位朋友出來春遊，一位是張籍，一位是白居易，都是有名的詩人。那年早春的某一天，自清晨就陰沉的天氣，直到傍晚才轉晴。韓愈看天氣甚好，於是邀張員外和白舍人一起來賞春。結果張籍來了，白居易事務繁忙，又推說道路泥濘，未赴約。

跟張籍賞春後，韓愈就給白居易寫了首詩：

漠漠輕陰晚自開，青天白日映樓臺。曲江水滿花千樹，有底忙時不肯來。（〈同水部張員外籍曲江春遊寄白二十二舍人〉）

「漠漠輕陰」，指天氣陰沉，淡淡的陰沉之氣傍晚才消散開。「青天白日」，指天氣晴朗，朗朗白日映照著亭臺樓閣。曲江裡的春水漲起來了，岸上繁花千樹，爭吐春色，綠樹紅花映在滿漲的江水中，搖曳生姿，春風過處，碧波蕩漾，美得令人心醉。白舍人你到底有什麼事忙著不肯來呢？

詩人對朋友爽約心存失落，但筆底的景色卻清新如洗，溫潤如畫。那種惋惜白居易錯失春光的遺憾也表露得非常委婉。白居易時任中書舍人，確實公務繁忙。但韓愈此時已官近吏部侍郎，管理的事情比白居易還多，所以韓愈覺得很可惜，這麼美的春天你白居易不過來一起享受，實在辜負了好時光。

長慶三年（八二三年）早春，韓愈又約張籍出來賞春，張籍以事務繁雜且年事已高為由，沒來赴約。韓愈照例寫詩一首：

> 天街小雨潤如酥，草色遙看近卻無。最是一年春好處，絕勝煙柳滿皇都。（〈早春呈水部張十八員外〉）

這首詩風格清新，有著名的詩句「最是一年春好處」。意思是說：早春的小雨和草色，比晚春時綠柳滿城好看多了。言外之意，惋惜張籍未能欣賞早春的風景。

但晚春風光，韓愈就不喜歡了嗎？

回溯到元和十二年（八一七年）左右，韓愈就寫過名為〈晚春〉的詩作：

> 草樹知春不久歸，百般紅紫鬥芳菲。楊花榆莢無才思，惟解漫天作雪飛。

詩的大意非常簡單：花草樹木知道春天不久後將要過去，不惜爭奇鬥豔，使出渾身解數，想要挽留春天的步伐。即便是缺香少色、毫無才能的楊花（柳絮）和榆莢，也知道隨風起舞，化為漫天飛雪的樣子，參與到繁花競彩、姹紫嫣紅的晚春世界裡！

韓愈這首詩寫得非常有趣，尤其是楊花榆莢的姿態，能引發多重聯想。一則勸人勤學奮進，不要像楊花那樣白首無成。另一則，勸人知恥思退，楊花本無「才思」，何必學群芳爭豔，徒留笑柄？再一則，讚賞楊花榆莢懂得把握春光，雖明知姿色不夠，但為留住春天，卻勇於參與，樂於付出，努力為春光增添色彩，不怕嘲笑與失敗，實在值得嘉獎。

若唯讀韓愈的這首詩，自然難以推斷韓愈「無才思」一詞的戲謔之意。但根據韓愈其他描寫春天的詩歌，可以看出此處應為讚嘆楊花之語。春光正濃，不管是晚春的濃烈，還是早春的清秀，都值得人珍惜、賞玩。所不同的是，觀者是否能放下手裡的雜事、心中的煩惱，真正全身心地投入春天中。「曲江水滿花千樹」、「最是一年春好處」，是韓愈寫給朋友的詩句，也是他留在春天裡的邀請。

長慶四年（八二四年），韓愈因病辭職，同年底，一代文豪撒手人寰。春天去了總會來，韓愈卻再也無緣與朋友春遊。唯有他在人生最後兩年的春天裡發出的邀約，依然在泛黃的詩卷裡，散發著春天的氣息和生命的芬芳。

唯見秋心不見愁

自古逢秋悲寂寥，我言秋日勝春朝。晴空一鶴排雲上，便引詩情到碧霄。

這首〈秋詞〉歷來被看作是劉禹錫的代表作，是他否定前人悲秋落寞情緒的昂揚讚歌。開篇起筆非凡，直抒胸臆，說自古以來，文人墨客都容易慨嘆秋天的蕭索與落寞。一句「自古逢秋悲寂寥」道盡了千古文人的悲秋情結。

「文士悲秋」的情緒上可追溯到《楚辭》。宋玉〈九辯〉中寫道：「悲哉秋之為氣也！蕭瑟兮草木搖落而變衰。」大意就是：秋天的氣氛令人悲傷，天地間籠罩著肅殺之氣，草木衰黃凋落。「悲秋」的情緒就這樣慢慢滲透進古典詩詞的血液中，及至《紅樓夢》都擺脫不開這一傳統文化語碼的束縛。「秋花慘澹秋草黃，耿耿秋燈秋夜長。已覺秋窗秋不盡，那堪風雨助淒涼！」從初秋淡淡的寒風到深秋沉沉的暮氣，萬物凋敝，滿眼荒蕪，確實容易引發詩人的愁思。

但劉禹錫是例外。

劉禹錫在〈秋詞〉中先是點明「悲秋」的文學傳統自古有之，接著便亮出自己的觀點「我言秋日勝春朝」。在他看來，秋天的景色，比生機勃勃萬物復甦的春天還要美！秋高氣爽的天氣，比春天給人的鼓舞還要大！這句詩無疑否定了前人悲秋的態度，也改寫了關於秋天的定論。

為了證實自己的觀點，詩人用第三、四兩句，寫了秋天獨特的韻味。萬里晴空，一隻仙鶴，排開雲層，衝入雲霄。那展翅高飛的姿態，排雲向上的鬥志，深深激勵了詩人，將他的詩情倏忽間引到了碧霄之上。「仙鶴」是福鳥，在生活中代表長壽、吉祥。同時，在文化符號中，仙鶴的潔白、孤獨，也是「君子」的自喻。在「仙鶴」的眼中，秋天是遼闊的、壯美的，也是雄健的、積極向上的、值得去追求的。其通達的態度、樂觀的精神，令所有吟誦者都能從悲秋的苦惱中解脫出來，以新的眼光看待秋天。

劉禹錫一共寫有兩首〈秋詞〉，除這首抒發神清氣爽的「秋韻」詩外，另有一首描寫「秋色」的詩。兩首詩雖然寫作重點不同，但放在一起，卻相得益彰，將秋天的骨氣與景色，很好地揉捏在疏朗與曠達中。

山明水淨夜來霜，數樹深紅出淺黃。試上高樓清入骨，豈如春色嗾人狂。（〈秋詞〉其二）

這首〈秋詞〉與上一首主題相似，內容互補，描繪的依然是秋天的景色。明朗的山，純淨的水，夜裡的霜，都如此清透、潔淨。多半樹葉已轉為淺黃色，也有幾樹紅葉摻雜其中，格外醒目。登上高樓，看明山淨水，天清地朗，紅黃相間的葉子點綴其間，給清澈的秋天加入了深沉的味道。此番景致，只覺清氣入骨，心意靜寂，不像春天那樣茂盛濃烈，時時撩撥情思，令人愛得痴迷、癲狂。

兩首詩都是將「秋」與「春」對比來寫，描繪了秋天素淨又清朗的氣度：第一首詩寫志向遠大，如一鶴沖天；第二首詩寫心地高潔，如明山淨水。兩首詩既糾正了前人「逢秋悲寂寥」的憂傷，也展示了詩人的志向與情操。

永貞改革失敗後，劉禹錫受牽連被貶為朗州司馬。按說在人生的灰暗時期，遇到秋風蕭瑟天氣涼，很容易產生「悲秋」的情緒。但劉禹錫不但沒有瑟縮在風中悲鳴自己的抑鬱，反而滿懷深情地歌頌秋天的開闊與疏朗，不落窠臼，寫出了秋天別有不同的況味和自己獨特的品格與追求，實屬難得！

對秋天的讚賞，其實是許多唐代詩人共同的感情。秋風秋雨、秋月秋花，為他們帶來的不是纏綿的愁緒，而是清新和涼爽。而這份歌頌秋高氣爽的豪邁，令唐詩乃至唐朝始終給人以蓬勃向上的印象和好感。

宿雨朝來歇，空山秋氣清。盤雲雙鶴下，隔水一蟬鳴。
古道黃花落，平蕪赤燒生。茂陵雖有病，猶得伴君行。（李端〈茂陵山行陪韋金部〉）

下了一夜的雨，在第二天的清晨終於停了。空濛的山裡，秋氣彌散，清新涼爽。詩人看到鶴飛，聽到蟬鳴，也見到路兩旁被雨水打下來的黃花。清冷的空氣令人身心通透，李端說即便自己身體微恙，也要陪著同伴去遊山，因為天清氣爽的秋天實在太美了。

可能因為唐代詩人喜歡讚美秋天，所以彷彿其他朝代的秋天總是布滿了濃濃的愁緒，而唯獨在唐代的天空下，秋天是清爽的、乾淨的、俐落的、從不拖泥帶水的。

棄我去者，昨日之日不可留；亂我心者，今日之日多煩憂。
長風萬里送秋雁，對此可以酣高樓。蓬萊文章建安骨，中間小謝又清發。
俱懷逸興壯思飛，欲上青天攬明月。抽刀斷水水更流，舉杯消愁愁更愁。
人生在世不稱意，明朝散髮弄扁舟。（李白〈宣州謝朓樓餞別校書叔雲〉）

這首詩是李白的代表作，風格豪邁、飄逸，也有著透徹的瀟灑。「長風萬里送秋雁，對此可以酣高樓。」看到秋雁遠去，萬里長風撲面而來，詩人不但沒有半點愁怨，反而舉目望蒼天，酣醉在高樓。人生在世，就將那些不稱心不如意，都拋在腦後吧，明日是非且待明日再論。實在不濟，一葉扁舟，從此歸隱江湖……

李白的這首詩極富想像力，語言酣暢，神思飛揚，情緒飽滿，全詩意境疏朗壯闊，毫無半點秋愁，且感情上一波三折，瞬息起伏，令人回味無窮。跟劉禹錫質樸的語言風格完全不同，李白用自己獨特華麗的「秋思」，在盛唐的天空下繪出絢爛的色彩。

及至晚唐，描寫秋天景色的筆法也並未改變。

> 遠上寒山石徑斜，白雲生處有人家。停車坐愛楓林晚，霜葉紅於二月花。（杜牧〈山行〉）

沿著蜿蜒的山路向寒山行進，在那白雲繚繞的地方，住著幾戶人家。詩人幾次停下車來，欣賞深秋楓林裡的晚景，不由感嘆，被風霜染紅了的楓葉，真是比二月的春花更加鮮豔奪目。春天的繁花雖然美麗，卻沒有漫山紅葉的熱烈和迷人，所以詩人深深地沉浸在這片如火的楓葉中。

四季之中，秋乃是豐收的象徵。「悲秋」的文士多是因為在季節輪換時看到了萬物短暫的凋落，而讚美秋天的詩人則更懂得欣賞和眷戀秋天的山長水闊和天高地遠，以及秋天所蘊含的靜美與絢爛。二月的春花迎風搖曳雖然曼妙多姿，但秋天的楓葉美如晚霞紅如烈焰，未嘗不是一種飽滿而成熟的韻味。秋天，也因此顯出其別具一格的風采。

黃昏之美

那天晚上，他心情抑鬱，索性駕車出門散心。來到古原的時候，夕陽的光芒如一柄利劍劈開他的胸膛，對人生的感悟若靈光乍現。於是，他寫下了這首千古名篇。

向晚意不適，驅車登古原。夕陽無限好，只是近黃昏。（李商隱〈樂遊原〉）

李商隱的這首詩流傳很廣，也因此給了人們一種格式化的惆悵：夕陽的景色雖然非常美好，可惜已經接近黃昏了，日暮西山，再多的浪漫也無法留住人生的時光。理解到這一層，算是基本讀懂了詩歌的表面含義，但李商隱寫作此詩還有更深的意義與隱蔽的時代背景。

晚唐時期，國運將盡，黨派鬥爭日益加劇。李商隱的岳父王茂之乃是「李黨」

的重要人物，李商隱也因這層翁婿關係，被牽連進「牛李黨爭」的漩渦中難以自拔。這直接影響了李商隱的官運，導致他空有滿腔報國熱情卻無處施展才華。這些抑鬱難平的情緒落在詩歌裡，就變成揮不去的憂愁，理不清的煩惱，化不開的嘆息。於是，李商隱將家國之悲、身世之感投入詩歌創作中，希望能在大自然的日暮中得到迴響與共鳴。從這個角度來細品〈樂遊原〉，對李商隱所要表達的內容就有了更多的理解——時間的流逝不因任何人、任何事而停止，即便再多留戀，該落幕的也終會落幕，而夕陽的珍貴與美好，恰是因為落日獨有的餘暉。既然如此，其實大可不必為夕陽而嘆息，為人生而惆悵。這是世世代代都會面對的景色，也是人們共通的情感元素。至此，餘暉將散的黃昏也便有了永恆的、哀傷的美感。

在傳統的認知中，人們對清晨的偏愛要勝過黃昏，對春天的喜歡要勝過秋天。因為「一年之計在於春，一日之計在於晨」，「春」與「晨」都象徵著初始的希望，一種欣欣向榮的快樂，一種時間才能帶給人的無言的振奮。而那些送別、離愁則多是在秋雨迷濛的傍晚。「日暮鄉關何處是？煙波江上使人愁」、「梧桐更兼細雨，到黃昏、點點滴滴」，俱是愁緒。人世無常，晨昏交替，內心的悲涼唯有在落日的餘暉中才能外化為自然界的淒風苦雨，進而消弭。所以，詩人筆下的黃昏多是哀婉的、沉重的。

不過，這只是部分詩歌定下的基調。同樣的黃昏，同樣的夕陽，不同的詩人也能品咂出不同的況味。

蒼蒼竹林寺，杳杳鐘聲晚。荷笠帶斜陽，青山獨歸遠。（劉長卿〈送靈澈上人〉）

靈澈上人是唐代著名的詩僧，此時詩名未成，雲遊江南，在潤州短暫停留。劉長卿寫作此詩時，已被唐肅宗貶官多年，官場失意。一個應是出世的高僧，一個原為入世的官員，看似南轅北轍，卻因各自所求不順，頗有幾分殊途同歸的意味。然則，送靈澈上人回竹林寺一事，在劉長卿筆下毫無自憐式的哀怨，斜陽日暮中反而充滿了清幽高遠的意境，頗有幾分淡泊致遠的襟懷。

竹林寺是靈澈上人此番雲遊的歇腳地。青青山林，蒼蒼暮色，陣陣悠揚的鐘聲迴盪在林間。靈澈上人披著斗笠返回寺院，斗笠上帶著夕陽的餘暉。他獨自向青山走去，越走越遠，在蒼茫山林中留下了一抹令人難忘的身影。

這首詩構思精巧，語言樸實，感情真摯，是唐代山水詩中的名篇。分別本是令人黯然神傷的事，但在劉長卿的詩作裡，那悠然而閒適的離別，失意卻淡泊的態度，真有幾分山水畫的意境。山林蒼翠，人世滄桑，辛苦拚搏卻常常不知為何奔忙。那麼，不如放寬眼界去欣賞，青山中的高僧，紅塵裡的隱士，他們淡泊名利，獨自穿行在蒼茫山林間，將清風明月般的氣度留在山間，引人遐想。

人們喜歡在黃昏時分反思自我與人生，清晨是一天的開始，黃昏是一天的結束。晨昏之間是數不盡的流年。到了一天生活結束時，誰都難免要回憶下發生的事，遇到的人，走過的路，途經的風景。想想這些能給自己帶來怎樣的思考和改變。無論是官場失意之人，還是功勳卓著之人；無論是告老還鄉之人，還是春風得意之人，都有可能在夕陽中站定，回望來處，眺望前方。因此，詩人筆下的黃昏便有了更深的意味。

山石犖确行徑微，黃昏到寺蝙蝠飛。升堂坐階新雨足，芭蕉葉大梔子肥。

僧言古壁佛畫好，以火來照所見稀。鋪床拂席置羹飯，疏糲亦足飽我饑。
夜深靜臥百蟲絕，清月出嶺光入扉。天明獨去無道路，出入高下窮煙霏。
山紅澗碧紛爛漫，時見松櫪皆十圍。當流赤足踏澗石，水聲激激風吹衣。
人生如此自可樂，豈必局束為人鞿？嗟哉吾黨二三子，安得至老不更歸。

韓愈這首詩名為〈山石〉，卻不是寫山石之事，而是一篇內涵極美的遊記。詩歌從黃昏時分開始寫起。山石料峭，山路狹窄，黃昏時分詩人才來到寺廟，發現廟裡有蝙蝠亂飛。蝙蝠喜歡在夜裡捕食蚊蛾，所以再次呼應了「黃昏到寺」。先是到了廳堂，繼而出來坐在臺階上。因為剛剛下過一場充足的新雨，所以雨後的芭蕉葉看起來又大又綠，雨後的梔子花也顯得又美又豔。客觀景物的美妙讓人心情愉悅。僧人誇說廟裡古壁上的佛畫華麗精美，但舉著火把照看，卻讓人覺得太過模糊，看不清楚。

夜色降臨時，僧人已為詩人準備好了床鋪和飯食。飯菜雖然粗糙，但足以填飽肚子。夜深的時候，靜靜地躺在寺廟中，萬籟俱靜，連小蟲的低鳴也聽不到了。明月爬上了山頭，月亮的清輝爬過山嶺，透過窗戶灑落在地上。月光如水。一夜無話。

隨後，韓愈描寫了清晨的美景。天亮後他獨自離開，但由於周圍霧靄瀰漫，所以辨不清方向，只能踉蹌著摸索前行。山花鮮紅，澗水碧綠，朝陽熠熠，萬物生輝，時而看到十圍粗壯的松喬，鬱鬱蔥蔥，蓬勃茂盛。詩人索性赤足踩著澗水裡的石頭過河。清冽的澗水漫過雙足，水聲淙淙，風吹起衣角，詩人心中升騰起無窮的快樂。

結尾四句點題：人生在世，能自得其樂就好，何必要受制於他人呢？我的那幾個志同道合的朋友，怎麼已經年老，還不返鄉來？言外之意，真希望他們快些放下世俗煩惱，與我一起安享晚景。

韓愈這首詩從黃昏寫起，寫深夜的寂靜，也寫黎明的清爽。這首詩通過對不同美景的描摹表現時空的變化，同時表現出不同時段、不同光影、不同色彩所具有的不同的美——無論是夜宿還是曉行，無論是清晨還是黃昏，詩人都可以從中獲得快樂與美感。「晨與昏」不過是人們用來計時的標準，時間的每分每秒其實都同樣寶貴。許多詩人習慣從清晨的風景寫起，「看朝陽絢爛，觀夕陽傷感」，情緒的轉折與時間的變化完全吻合。這固然是一種順時的審美取向，但讀多了難免乏味。韓愈的〈山石〉則不同，這首詩起筆不凡、立意新穎，加上傳遞出的壯美詩風，因而備受時人喜愛與後人推崇。

從某種程度上說，唐代詩人的確比較喜歡描寫黃昏的景色。因為黃昏是一天的結束，恰如除夕是一年的歲末。在告別一段時光時，詩人回首前塵，難免生出許多感慨。懊惱悔恨者有，壯志躊躇者也有。但時光不會因為有人蹉跎或珍惜就駐足，這也是時間的公平。

不負好時光

光陰似箭，人生苦短。在這匆忙行走的人間，雖然每個人都知道「時間構成了生命」，卻很少有人願意去認真思考人生該如何度過，時間該如何利用。若是機緣巧合，偶遇指點，或可從中體悟到剎那的悲喜，生命的真諦。

終日昏昏醉夢間，忽聞春盡強登山。因過竹院逢僧話，又得浮生半日閒。（李涉〈題鶴林寺僧舍〉）

人生一場大夢，世間幾度秋涼。日月輪轉，慣性引領著人們的生活。所以詩人李涉說，終日碌碌無為地奔忙，渾渾噩噩，彷彿在醉夢中，無端耗費著寶貴卻有限的時光。有一天，忽然發覺春天就要過去了，為了不負春光，勉強打起精神，決定出來登山。路過竹院，正巧遇到寺廟裡的僧人，於是閒談片刻。在聊天中，詩人得到高僧點撥，對世俗的功名利祿有了新的認識，感覺在這紛紛擾擾的塵世中，獲得了精神的鬆弛和心靈的頓悟。雖然詩作並未提及「僧話」的具體內容，但「浮生半日閒」卻點出了人世滄桑，也點醒了世俗中人。

「天下熙熙，皆為利來；天下攘攘，皆為利往。」為加官晉爵，為封妻蔭子，為仕途浮名，為建立功業，芸芸眾生以各種理由在不懈地奮鬥著。爭分奪秒固然是一種積極進取的態度，但忙碌中品一杯香茶，混沌中取片刻清幽，也是人生應有的瀟灑與自在。所謂張弛有度，就是要不斷調整生活的節奏。「浮生若夢，為歡幾何？」怎能不珍惜時光，好好享受生活、善待自己呢？

雖說「偷閒」是一種輕鬆愉快的人生態度，但「惜時」未嘗不是唐代詩人的美德。晚唐王貞白寫詩云：「讀書不覺已春深，一寸光陰一寸金。」並不是說光陰可以存下來再賣出去，恰恰相反，正是因為無法留住光陰，所以它才成為無價之寶。千金散盡，還有失而復得的機會，但穿行如梭的時光，卻永遠無法重新回到自己的生命裡。這美好又寶貴的人生，該如何度過呢？

勸君莫惜金縷衣，勸君惜取少年時。花開堪折直須折，莫待無花空折枝。（杜秋娘〈金縷衣〉）

這首〈金縷衣〉是《唐詩三百首》的壓卷之作，久負盛名。

有一種說法是，杜秋娘不過是中唐時一個著名的歌女，〈金縷衣〉並非杜秋娘所作，因為她曾經唱過此曲，所以有幸被冠名。

金縷衣的意思是金線刺繡的衣服，這種衣服莊重華麗，乃是榮華富貴的象徵。白居易有詩云：「紅樓富家女，金縷繡羅襦。」但即便是如此珍貴的物品，也無法跟時間相比，因為時間是無價的珍寶。

全詩的大意是：我勸你不要在乎那華麗的金縷衣，我勸你還是要好好珍惜青春年少的光陰。鮮花盛開的時候，不要猶豫，應及時採摘下來，不要等到花謝之後，徒然折下一段空枝。

從詩作溫柔的口吻、如水的規勸中，似乎可以讀出女子的柔情。看花流淚，見月傷心，的確是女子最容易流露的感情。女人和花朵之間總有千絲萬縷的連繫，讚賞時稱她「如花美眷」，歡笑時讚她「笑靨如花」，哪怕被摧折被踐踏被羞辱，都要斥之為「殘花敗柳」，哪怕是「春殘花漸落」也會令人聯想到「紅顏老死時」。花開花落是最自然的景色，也最能觸動女子細膩的情思。

杜秋娘似乎也悟到了自然的常態和人生的規律，但她並不消極。她鼓勵並勸勉世人，不要貪圖「金縷衣」這般物質，要將自己的熱情投入積極進取的青春中。唯有把握時機，擷取生命最燦爛的光陰，才算沒有辜負寶貴的人生。這首詩通過「折」與「花」之間的繁複用詞，形成了音律上的美感，盤旋迂迴，令情感顯得單純而又強烈。

相傳，鎮海節度使李錡當年就因為聽了杜秋娘演唱的這首詩而將她收為侍妾，甚寵之，並常令其在宴會上歌舞。後來，李錡起兵反抗朝廷遭到鎮壓，做為罪臣的家屬，杜秋娘被送到後宮為奴。結果，又是因為演唱了這首〈金縷衣〉，杜秋娘被唐憲宗賞識，封為秋妃。杜秋娘在唐憲宗過世後，繼續撫育皇子，積極參與政治變革，可謂經歷豐富，命途坎坷。不知這一切是否與「折花歲月」便種下的「惜時」

觀念有關。

再說這首〈金縷衣〉，全詩用詞淺白，近口語，其文學性在唐詩中不算突出，能流傳千年應是因為它形象具體而又含義豐富地定義了何為惜時：不縱情享樂，不遊戲人生，人應該珍惜時間，建功立業，開創屬於自己的天地。陶淵明雖然也說「盛年不重來，一日難再晨」，但盛年如何，清晨又如何，陶詩沒有答案，〈金縷衣〉卻給了細緻的解釋：人生如花，能如花般綻放，也能如花般凋謝。花有花期，人也有自己最寶貴的青春。由花及人，由花期到青春，時間有了最可靠的依託與最具體的呈現，「時間」也便如花般開放了，怎能不令人惋惜、驚嘆！

杜秋娘在詩中雖容納了時間的美感，但若說把時間提升到悲天憫人這一哲學高度的詩人，則非杜甫莫屬。

老去悲秋強自寬，興來今日盡君歡。羞將短髮還吹帽，笑倩旁人為正冠。
藍水遠從千澗落，玉山高並兩峰寒。明年此會知誰健？醉把茱萸仔細看。（〈九日藍田崔氏莊〉）

杜甫說自己已經老了，悲秋的情緒也更加濃重，正好趕上重陽節，所以他也勉強寬慰自己，決定打起精神來和大家共盡歡樂時光。結果有風吹來，帽子一歪，露出稀疏的短髮。羞愧之餘，忙請旁邊的人幫自己理正帽冠。抬眼望去，藍溪水遠遠地從千條溪澗中奔瀉而來；藍田山高聳對峙，千年不變，透著無盡的輕寒。此中，山高水遠，蒼涼悲壯，既有深秋天地間的蕭索感，也有萬物高遠帶來空間上的疏離感，令人不免感嘆：如此壯闊的天地間，我們的人生竟如此短暫。

山水永存，世事難料。詩人在山水間眺望，也在山水間感悟——人生衰老得如此之快，無常和明天不知道哪一個先來。趁著眼前的「醉」意，詩人細細端詳手中握著的茱萸。是呢，不知道明年此時，還有誰能健在，誰能依然帶著茱萸再來這裡相聚！一個「醉」字寫出了杜甫醉眼矇矓的狀態，也點出他三分醉意帶七分清醒。跟永恆的自然、無盡的歲月相比，人生實在太短促了，每時每刻都值得人們留戀駐足啊。杜甫的詩，從山高水遠中走來，帶著悲天憫人的荒涼而去，雖生千般悽楚，卻也能見萬古之壯闊。

光陰如水，誰也握不住時間，但很多詩人能撿拾到光陰的碎片，如同一頁頁甜美的詩篇：有的寫著珍惜青春，應充實勤奮；有的寫著張弛有度，應忙裡偷閒。或許這就是唐代詩人對待光陰的態度吧，既要學會止步，體味人生的愜意，也應把握青春建功立業，不負好時光。

第七章　人生悽苦

為君苦，賠了夫人又折兵

漫長而沉重的歷史往往是一部功利主義教科書。

宋徽宗文武雙全，擅書畫，其實寫詩治國都是一等的高手。當年宋朝和剛剛建立的金國訂立盟約，共同討伐遼國。結果金兵在摸清了宋軍的底細後，反而攻打宋朝，俘虜了宋徽宗父子，在北宋日記的最後一頁寫下了「靖康之恥」這四個字。假如宋徽宗能夠直搗遼國疆土，那必將成就大宋朝一番宏偉藍圖。遺憾的是，他臨政只有區區幾年，宋朝根本就沒被金國放在眼裡，金國竟然釜底抽薪，倒戈相擊。常常是一些極易被忽略的微小因素，輕易地改變了歷史的格局。一代明君與喪國之君，就這樣有了截然不同的評判。所以，歷史就是這樣功利，它對歷史人物的評價基本都是如此簡單粗暴——勝者王侯敗者寇。

宋徽宗如此，唐玄宗又何嘗不是！就差那麼一步，他便可以名垂千古，可惜就是那麼一步，他將自己推入了「萬劫不復」的深淵，被後代指為「昏君」。唐玄宗前期神武異常，他幼年剛烈，青年時雄心勃勃，壯年更勵精圖治，不但穩固了唐初政局，還成功地取得了「開元盛世」的戰績。如果他和其他皇帝一樣五六十歲就駕鶴西去，那麼毫無疑問，蓋棺論定時，百姓會含著眼淚送他，並對他建立的盛世永遠心存感恩。

遺憾的是，唐玄宗活的時間太長了，他不但「壽比南山」，而且情意綿綿。都說「英雄難過美人關」，但愛美人愛到願意拱手讓河山的卻不多見。

長安回望繡成堆，山頂千門次第開。一騎紅塵妃子笑，無人知是荔枝來。
新豐綠樹起黃埃，數騎漁陽探使回。霓裳一曲千峰上，舞破中原始下來。
萬國笙歌醉太平，倚天樓殿月分明。雲中亂拍祿山舞，風過重巒下笑聲。（杜牧〈過華清宮絕句三首〉）

華清宮是唐玄宗在驪山修建的行宮，用以跟楊貴妃尋歡作樂，歌舞昇平。後代詩人以此為題寫下許多詠史詩，杜牧這三首詩便是其中的佳作。

第一首詩寫的是「送荔枝」。從長安回望華清宮，茂盛的草木，華美的宮殿，看起來錦繡成堆，富麗堂皇。山頂上的宮門一層層地打開，一騎快馬飛奔而來，身後揚起陣陣塵土。深宮內的楊貴妃得知此事，不禁開心地笑起來。百姓們還以為這疾馳的驛馬送的是緊要的軍情，只有楊貴妃知道，這是皇帝命專人送來了自己愛吃的荔枝。

唐玄宗為了讓楊貴妃吃上新鮮的荔枝，令官差快馬加鞭、日夜不息地趕路。驛站處，疲憊的人，累死的馬，都是這遙遠路途的無聲陪葬。如此勞民傷財，千里奔波，不過是為了讓楊貴妃吃上新鮮的水果。而「妃子笑」這三個字也是含義豐富。當年周幽王為博褒姒一笑，點起烽火，戲弄諸侯，導致亡國；而唐玄宗，這位締造了盛唐基業的曾經的賢明聖主，如今竟也為討「妃子笑」變得昏聵至此。

這首詩構思巧妙，先寫華清宮的遠景，看起來如何金碧輝煌，花團錦簇；接著寫快馬煙塵，疑似重要軍情；最後兩句既寫出了貴妃的恃寵而驕，也寫出了皇帝的荒淫無道。表面上含蓄委婉，實質上諷喻極深。

第二首詩寫的是「舞霓裳」。安祿山任平盧、范陽、河東三鎮節度使後，一直伺機謀反。有人進諫「安祿山要謀反」，唐玄宗竟將直諫的臣子拿下，送給安祿山發落。久而久之，也就沒有臣子再拿身家性命開玩笑了。直到宰相楊國忠都啟奏，說懷疑安祿山要謀反時，唐玄宗才派人以賜柑為名前去打探虛實。使者被安祿山收買，回來跟唐玄宗彙報說安祿山對大唐忠心耿耿，唐玄宗聽後更掉以輕心，毫無防範，終於導致了安史之亂。這首詩寫的正是此事。

從漁陽打探消息的使臣，正經過新豐轉往長安。綠樹環繞的新豐一帶，揚起滾滾黃塵。又是山頂千門，又是霓裳歌舞歡樂的山峰上，漁陽探使們飛馬回還，謊報軍情。邊關可高枕無憂，皇帝和貴妃當然繼續荒淫享樂。直到中原爆發了安史之亂，方知送上山的都是虛假情報，「舞」下來的卻是國家社稷，沉浸在歌舞中的唐玄宗和楊貴妃這才從醉生夢死中醒來。詩作到此處戛然而止，留下國破山河碎的無盡想像，令人嗟嘆。

第三首詩寫的是「胡旋舞」。全國上下都沉浸在一片歌舞昇平當中，在太平盛世的幻象中，唐玄宗完全不理會朝政，專注於跟楊貴妃排練音樂和舞蹈。驪山宮殿巍峨高聳，在月光下顯得分外挺拔。《舊唐書．安祿山傳》記載，安祿山重達近二百公斤，體態肥胖，卻能在唐玄宗面前表演胡旋舞，而且行動非常迅敏。反倒是旁邊的宮人因為安祿山跳舞太快，拍掌時節拍都亂了。楊貴妃看到安祿山小丑般的模樣，不禁笑得花枝亂顫，那爽朗的笑聲越過層層疊疊的山巒，飄蕩迴響在山間。

安祿山為討唐玄宗開心，竟向楊貴妃磕頭認娘，做了貴妃的「乾兒子」，這也在某種程度上瓦解了唐玄宗最後的心理防備。說到底，唐玄宗壓根兒沒瞧得起安祿山，在他眼裡，胡人跟尚未開化的野人沒什麼分別。我堂堂天朝，給他如此高官厚祿，恐怕他感謝還來不及呢，怎麼可能會有謀反之心？宋徽宗亡於輕視金人，唐玄宗則亂於輕視胡人。就在安祿山扭動身體賣力討好楊貴妃的時候，貴妃歡快地笑起來，玄宗也跟著愉快地笑起來。盛世王朝的一場空前災難就此埋下伏筆，大唐的盛況也由此滑向衰落的深淵。

杜牧的這三首詩從不同側面揭開了安史之亂爆發的原因，可謂是詠史詩中的佳作。李白當年作〈清平樂〉三首，全是讚嘆貴妃美貌的詩句，她像月宮的仙子，如人間的美玉，是君王鍾情的貴妃。而到了杜牧的筆下，楊貴妃歌舞是錯，歡笑是錯，吃荔枝也是錯。所以安史之亂爆發後，楊貴妃只能用生命為大唐的轉折做一次盛大的殉葬，以堵悠悠之口。

羅隱有詩云：「西施若解傾吳國，越國亡來又是誰？」若說西施弄垮了吳國，那麼越國滅亡又能怪誰呢？但後人的評說似乎已不重要，歷史向來如此，它是勝利者的讚歌，亦是衰敗者的挽歌。

戰火過後，唐玄宗退位，歷史的粉板[5]上永遠刻下了他的痛苦：他弄丟了自己的江山，害死了自己的女人。在這場浩劫中，賠了夫人又折兵，他是徹頭徹尾的衰人。

5 粉板：油漆成白色的木板，掛在牆壁上作臨時記事之用。使用時以毛筆蘸墨書寫，消除時用溼布擦拭。

和親苦，青春韶華碾作土

在眾多詩人的奮力謳歌下，唐代在後人腦海中的印象始終是繁榮富庶的。但盛世的和平除了需要奮戰沙場外，也離不開那些和親遠嫁的公主。那遙遠的「外邦」在當時看來，皆為蠻夷之所、苦寒之地。公主們以青春和幸福換取邊界暫時的安寧。在鼓樂喧天的盛唐歡騰中，夾雜著她們傾訴苦難命運的顫音。

白日登山望烽火，黃昏飲馬傍交河。行人刁斗[6]風沙暗，公主琵琶幽怨多。
野營萬里無城郭，雨雪紛紛連大漠。胡雁哀鳴夜夜飛，胡兒眼淚雙雙落。
聞道玉門猶被遮，應將性命逐輕車。年年戰骨埋荒外，空見蒲桃入漢家。（李頎〈古從軍行〉）

李頎這首詩描寫的是漢武帝時期的「從軍行」。首句直接切入緊張的軍隊生活：白天的時候在山上眺望四方的烽火警報，黃昏時牽著馬在交河邊飲水。接著寫夜晚的生活：這些行軍之人，白天用「刁斗」來煮飯，晚上用敲打「刁斗」來省更、計時。黃沙漫天，暗夜如墨，只能聽到巡夜人的打更聲。還有微弱的如泣如訴的樂聲，那是公主正憂傷哀怨地彈奏著琵琶。

視野再次放開些：軍營的外面萬里之內，沒有城郭，沒有人煙，雨雪紛飛的苦寒之地，連著茫茫無邊的大漠。胡雁悲鳴著，夜夜從天空飛過。胡人的士兵對著這樣的場景，也是人人落淚。邊陲環境的悽苦可見一斑，土生土長的胡雁和胡兒尚且承受不住，何況遠征到此地的「行人」，誰不想早點回家呢？

不料，詩人筆鋒一轉，急切的思鄉之情被從中截斷。因為玉門關的退路或說歸家的路，已經被朝廷擋住了，無路可退，只能將生死拋在腦後，跟隨將軍去戰場搏命了。年年月月，戰死將士們的累累屍骨就埋在這荒野之中，情狀慘烈至極。

---

6 刁斗：古時行軍的用具。銅製，有手柄，夜間可以用來打更，白天可當鍋子煮飯，能裝約一斗米。

但如此征戰，其意何為？全詩最後一句點題：為了換取葡萄，種滿漢家的庭院。

在詩人李頎看來，漢武帝窮兵黷武，好大喜功，他開啟了西域通往漢朝的大門，由此引發連年戰禍。更可笑的是，連年征戰，白骨堆積，為的不是和平與繁榮，而是為了購置漢武帝喜歡的良馬，以及葡萄和苜蓿。歷史的荒謬總是輕易就能超越人們的想像！全詩描寫的是邊境軍中的苦寒生活，反思的是帝王的草菅人命，讀來沉鬱悲涼，徒增絕望。

李頎的這首詩表面上批判的是漢武帝，實際上諷刺的是唐玄宗。唐代詩人非常喜歡以「漢皇」來暗指「唐皇」。最為熟悉的是白居易的〈長恨歌〉，明明說的是唐玄宗和楊貴妃的愛情故事，開篇就寫「漢皇重色思傾國」。李商隱寫「可憐夜半虛前席」也是同樣的手法，藉漢文帝空談鬼神來暗指晚唐皇帝尋仙問道不理民生。

而唐代詩人如此鍾情「以漢代唐」大概有下面三個原因：一是避諱可察覺的政治因素。談論當朝皇帝的對錯屬於妄議朝政，容易招惹是非；而議論前朝興亡，則為詠史，可以巧妙地規避一系列隱患。二是漢朝在唐人眼中非常強大，所以以漢喻唐，無形中能體現出詩人內心的自豪感。三是漢朝與唐朝都是大一統的政局，政權穩固，且都定都長安，確實有諸多相似之處。所以，李頎的這首〈古從軍行〉，有意將「古」字加在前面，以示詠史之意。

值得一提的是，在這首描寫征人的詩作中，李頎有意無意提到了「公主琵琶幽怨多」。這句看似閒來之筆，實則大有深意。

唐人《樂府雜錄》中記載，琵琶「始自烏孫公主造」。烏孫公主，名為劉細君，是漢代江都王劉建的女兒。她貌美如花，多才多藝，擅長古樂，精通琴箏，琵琶據說就是她創造的樂器。劉細君的父親曾因謀反不成畏罪自殺，所以劉細君屬於宗族內的罪臣之女。後被漢武帝冊封為公主，遠嫁到烏孫國做夫人。名為冊封，實為流放。那裡，語言不通，習俗不同，多才多藝的小公主，做為漢朝送給烏孫國示好的一件「禮物」，沒人在乎她的孤獨與落寞，憂傷與絕望。在宏大的家國話語下，這些用以和親的妙齡公主是皇帝所能想到的利益最大化時的最小犧牲。

細君公主非常思念故鄉，所以寫下這樣的詩句：

吾家嫁我兮天一方，遠託異國兮烏孫王。
穹廬為室兮旃為牆，以肉為食兮酪為漿。
居常土思兮心內傷，願為黃鵠兮歸故鄉。（〈悲愁歌〉）

一種說法是細君公主思鄉情重，幽怨日深，鬱結於心，嫁到烏孫國第二年就病逝了。另一說法是，烏孫王獵驕靡死了之後，遵從烏孫國的風俗，細君公主改嫁給了丈夫的孫子軍須靡，並誕下一女。可惜沒過三年還是死在了烏孫國。她還鄉的美夢直到離世也未能達成。

在江山社稷、國泰民安面前，個人的情感已變得微不足道。一邊是戰死沙場、白骨堆積如山的將士，一邊是嗚咽幽怨、喪命異邦的公主，這是對盛世悲壯的祭奠，也是對它殘酷的諷刺。漢朝如此，唐朝又豈能例外？

安祿山為了向唐玄宗炫耀功績，經常謊報邊疆戰事吃緊，請唐玄宗賜婚，以公主許之。唐玄宗為了安撫邊界的首領，將宗室之女冊封為公主，遠嫁和親。李頎筆下的「公主琵琶幽怨多」指的正是此事。

漢代細君公主的命運，在唐代宜芳公主身上再次上演。

出嫁辭鄉國，由來此別難。聖恩愁遠道，行路泣相看。
沙塞容顏盡，邊隅粉黛殘。妾心何所斷，他日望長安。（〈虛池驛題屏風〉）

和親與遠嫁是漢唐許多公主難逃的命運。越是強大的王朝，越希望能兵不血刃地維持和平的狀態，送去和親的公主就越多。

皇帝是捨不得親生女兒遠嫁的，異邦山高路遠，蠻荒苦寒，哪裡捨得委屈了金枝玉葉。那麼遠嫁的重任就落在了皇家宗室之女的肩上。這些花季少女帶著和平的使命，被送往異域，生死愛恨，只能聽命於天。在這漫長的和親路上，不僅有鼓樂喧天的遠嫁歡歌，也有公主們無盡的淚水、屈辱，以及魂歸故鄉的執著。

行至驛站，宜芳公主寫下泣淚含血的詩。遠嫁異邦，從此去國辭鄉，不知何時能再回來。綿綿的遠道，邊走邊哭，眼淚已經打溼了羅裙。塞外沙漠將磨盡她的花容月貌，看來只能任由年華老去，粉黛消殘。這思鄉的感情不知道什麼時候才能中斷，今生有緣，何時還能夢回長安！

這首詩雖然稱不上工巧，但想到出自一位花季少女之手，她孤獨地負載著辭家別國的苦楚，去完成那極難完成的使命，便覺字字心寒。

然而更令人心寒的是，公主嫁過去大概僅僅過了半年，邊界的胡人便起兵造反。深陷狼窩，宜芳公主定然做了叛軍刀下的第一個冤魂。

朝廷不得不再次派兵。同樣的古道，已沒人記得半年前曾有婚車歡天喜地送去了大唐的公主。人們能記住那些熱血神勇的將軍，卻不會想起那些如花般的公主，她們曾多少次在深夜裡彈奏幽怨的琵琶曲。

仕途苦，可嘆人生虛功名

在信奉「學而優則仕」的年代，青年才俊們為求取功名，實現理想，常常要辭別親友，漂泊異鄉。他們風華正茂卻孤身在外，他們憧憬未來卻心下迷茫，他們渴望知音也願意付出真心。在這樣的時刻，若遇到多情美女，自然免不了一番山盟海誓。

那一年，詩人羅隱書生意氣，英姿勃發，正滿懷信心去赴考。路過鍾陵縣（今江西省南昌市進賢縣）遇到了一位名叫雲英的歌妓。彼時的雲英，青春貌美，巧笑嫣然。而雲英眼中的羅隱，也是才氣縱橫，機敏過人。這樣的時機，這樣的男女，自然免不了歌舞歡宴，月下花前。大抵，青年男女的浪漫無外乎此。

青年男女的分別也有些相似。羅隱在與雲英歡洽地度過一段時日後，便離開了此地。他是途經此地的過客，恰好碰到了盛開的雲英，便如徜徉花園而適逢花期。

但羅隱不想做護花使者，他懷了滿腔志願準備求取功名，他覺得自己的未來無限寬廣。

然而人生何處不相逢。十二年後，羅隱再次經過鍾陵縣，竟然又遇到了當年的雲英。十幾年來，雲英始終沒機會離開風塵之地，此時依然是一名歌妓。美人遲暮本就令人憐惜，她竟還需以歌舞為生，羅隱不勝唏噓。

雲英竟然也有同樣的感慨，她見到羅隱後驚訝地問：「羅秀才怎麼你還是布衣？」

一句話觸動羅隱的傷心事。《唐才子傳》評價羅隱說：「少英敏，善屬文，詩筆尤俊拔。」羅隱少時英敏，才氣逼人，詩文俱佳，可惜懷才不遇，屢考不第。此番再過鍾陵，便是因為再次落第。今見雲英問起，不覺傷情。於是寫下一首詩送給雲英，算是回答了她的問題。

鍾陵醉別十餘春，重見雲英掌上身。我未成名君未嫁，可能俱是不如人。（〈贈妓雲英〉）

自當年歡愉醉飲後分別，到如今已經十幾年了。再次見到雲英，感慨萬千。雖然她依然輕盈曼妙，窈窕多姿，但畢竟有些人老珠黃。一別十餘載，當年羅隱是青年才俊，如今已近中年，而雲英風韻雖存畢竟也徐娘半老。在古人眼裡，男人求官和女子嫁人，都是人生不可忽略的必要經歷。可看看如今，羅隱奔波至今依然沒有得到功名，而雲英也沒能嫁人從良，年老色弛依然以歌舞為生。面對雲英的提問——「羅秀才你怎麼還是布衣」，羅隱只得感嘆：「我沒有成名，妳也沒有嫁人，可能是因為我們都不如別人吧。」

這首詩另有名為〈嘲鍾陵妓雲英〉，「嘲」這個字可能比「贈」顯得要涼薄些，所以很多選本喜歡用〈贈妓雲英〉這一詩名。但實際上，羅隱寫此詩，與其說是諷刺雲英，不如說是自我解嘲。平日的坎坷與辛酸還能有意忽略些，逢遇故人，發現漫漫人生，所有的奮鬥全是鏡花水月，所有的夢想終究顆粒無收，那種傷感、失落、鬱悶和悲憤，都不是三言兩語所能訴說的。羅隱將這樣的詩送給雲英，與其說是嘲笑，不如說是寬慰。少有才名的羅隱尚且如此，平凡的風塵歌妓又如何能改變命運！「贈妓」是詩作的行為表象，「自嘲」才是詩歌的精神內核。

晚唐時，很多詩人在詩作中顯出了這種落寞。雖然懷才不遇自古以來就是文人的「精神通病」，但生在不同時代，這份傷感的情緒卻截然不同。

陳子昂落寞時高呼：「念天地之悠悠，獨愴然而涕下。」

李白也嘆息：「總為浮雲能蔽日，長安不見使人愁。」

杜甫感慨：「出師未捷身先死，長使英雄淚滿襟。」

不管如何滄桑、憤懣，這些初盛唐詩人抒發感情時，描繪的時空都非常開闊，語意、用詞都透著大氣磅礴。到了晚唐時，很多詩人的詩作中也有志不能伸的憂傷，也有懷才不遇的失意，但這些感懷都已經失了初盛唐時的風采，那種天地間獨自蒼涼的悲壯與曠達已經消失不見，能夠藉以明志的，只有瑣碎的兒女情長。

落魄江湖載酒行，楚腰纖細掌中輕。十年一覺揚州夢，贏得青樓薄倖名。

杜牧這首〈遣懷〉起筆寫的就是自己放浪不羈的生活。一個落魄文人，漂泊四方，走到哪裡都不忘喝酒解愁。混跡江湖，酒是醫治失意的良藥，那麼醉酒之後的生活是什麼樣子呢？不是文思泉湧奮筆疾書，而是流連於秦樓楚館，纏綿於花街柳巷，與青樓女子醉生夢死。這些揚州妓女體態優美，腰肢纖細，可以跟楚靈王喜歡的「細腰」媲美。她們身輕如燕，能像趙飛燕一樣在手掌上翩翩起舞。有這樣的美女陪伴，歡飲必醉，其間的風流纏綿自然不必細說。

然則，人生如夢，苦在如夢初醒。當驚覺十年光陰如一夢時，多少滄桑感慨，不覺悲從中來。杜牧詩文俱佳，才華橫溢，又是名門之後，本應有所作為。然而平生志向不得施展，經十年的努力，依然只能做別人的幕僚，屈居人下。除了放浪形骸，又能如何呢？

更悲慘的是，同樣浪跡青樓，宋代詞人柳永得到了妓女們的愛戴，而杜牧卻只換來了「青樓薄倖人」的名聲。因為柳永知道自己一生都無法走上仕途，所以他既願意也能夠將一顆赤子之心完全地放在俗世中，他尊重並同情歌妓，雖倚紅偎翠，卻換來不少真情。而杜牧卻不同，杜牧在煙花深處，雖縱情暢飲，心卻不曾在青樓駐足，總是懷有一展宏圖的志向，青樓不是他縱情的樂土，而是他麻木身心的短暫驛站。因此，當他驚覺人生如夢時，浮上心頭的，只剩下夢醒後深深的空虛與失落。

從羅隱、杜牧的感懷詩中，可以看出晚唐的淒涼：越來越多的詩人無法施展自己的才華，完成自己的志向。那些青年才俊只能借助青樓女子的情感與人生，來抒發自己蹉跎歲月的感傷，以及建功立業的虛妄。

如果說初盛唐時李白、杜甫他們的懷才不遇是「憤怒的咆哮」，那麼到了羅隱、杜牧們的晚唐，所有的不平也就只能化成讀書人的一聲輕嘆。

征程苦，一將功成萬骨枯

《詩經．君子于役》有云：「君子于役，不知其期，曷其至哉？雞棲於塒[7]，日之夕矣，羊牛下來。君子于役，如之何勿思！」大意就是：我的丈夫在外服兵役，不知道他服役的期限有多久。他什麼時候才能回到家呢？天色已晚，雞都進窩了，牛羊成群下了山坡。我的丈夫還在外面服役，我怎麼能不想念他呢？這是一幅遙遠的關於家的圖景，夕陽裡妻子忙碌著，雞鴨已入窩，牛羊早進圈，一切都安置妥當。但裊裊炊煙，卻看不到丈夫回家的身影。這首詩雖然語言簡潔，但古老而有情味的生活卻顯得極為真摯細膩。那種盼望丈夫歸來的情感也越發動人。古往今來，概莫能外。

7 塒：鑿牆做成的雞窩。

長安一片月，萬戶擣衣聲。秋風吹不盡，總是玉關情。
何日平胡虜，良人罷遠征。（李白〈子夜吳歌・秋歌〉）

長安城一片皎潔的月色中，千家萬戶擣衣的聲音緩緩傳來。天氣轉涼，又到了給征人送「秋衣」的時候。月光落在擣衣砧上，拂不去。秋風吹來了擣衣聲，斷斷續續，吹不散。而這月光，這聲音，都像極了思婦的相思，那便是丟不開忘不掉的對玉門關征人的深情。此情此景，很自然地牽出了最後一句：「何時能夠平定胡虜的叛亂呢？到時候自己的丈夫也就可以不必再去遠征了。」月色撩人，撩撥起無限情思。

「望月懷人」是古典文學傳統之一。月有陰晴，但月月皆有圓滿，心上人卻不知道什麼時候才能回來和家人團圓。當思婦想念丈夫時，征人也在思念妻子。高適〈燕歌行〉有詩云：「少婦城南欲斷腸，征人薊北空回首。」一邊是留守婦女肝腸寸斷的相思，一邊是征夫空望故鄉的愁思。盛世太平，流著男人的血，也灑滿女人的淚，是血淚交織的一首天涯哀歌。

回樂峰前沙似雪，受降城外月如霜。不知何處吹蘆管，一夜征人盡望鄉。（李益〈夜上受降城聞笛〉）

相傳，唐太宗曾親臨靈州，接受突厥部的投降，於是此處修建有「受降城」。回樂縣唐朝時也在靈州治所。全詩的大意是：受降城外，月光皎潔清冷如霜，回樂山前，無垠的沙地被照得潔白似雪。在這如霜似雪的孤寂世界中，不知何處傳來吹奏蘆笛的聲音。音樂能讓人忘卻無窮煩惱，也能讓無盡往事湧上心頭。征人思鄉的感情被調動起來，他們孤獨、迷茫、困惑，不知這笛聲從哪裡飄來，不知還要在這邊塞的冷月中守候多久。他們紛紛披衣而起，循著月光的指引，凝視遠方，彷彿能越過大漠，眺望到故鄉……

李益的這首詩，從景色寫到聲音，再從樂聲寫到心聲，最後的淒涼一筆，寫出了無法言說的思鄉之情。此詩一誕生就被譜曲入樂，天下傳唱，成為中唐名篇之一。

諸如此類，在描述征人的戍邊思鄉、戰死沙場、告老還鄉等話題上，唐詩都留下了許多佳篇。這些詩內容豐富，描寫生動，將征戰的孤獨、愁苦、絕望和無助，淋漓盡致地表達了出來。戍邊苦，征人盡望鄉，那麼還鄉呢，會順利嗎？

行多有病住無糧，萬里還鄉未到鄉。蓬鬢哀吟古城下，不堪秋氣入金瘡。（盧綸〈逢病軍人〉）

盧綸將病退軍人的苦、愁、憂、痛刻畫得入木三分。首先，他寫到這個多病的軍人，因為走了太遠的路，已經沒有繼續趕路的口糧了。可遙遙萬里歸鄉路，還沒有走到故鄉，還尚未落葉歸根，怎麼能死去？好不容易從戰場上活下來，雖然已經傷殘，但如果回到家裡，就可以與親人團聚了。

可戰場上受的傷還在隱隱作痛，行了這麼遠的路已經疲憊不堪，尤其是連吃的東西都沒有了，根本不知道會死在什麼地方。盧綸感嘆說：他蓬頭垢面，身心俱疲，哪裡還能忍受秋天的寒氣深入他已然惡化的傷口呢？

古城之下，他的嘆息如此微弱。就是這樣一個生了病的軍人，無依無靠，很可能病死他鄉，或者餓死他鄉。不管是堆屍在硝煙散盡的河邊，還是古城外荒涼的牆根，他的死，家人都永遠無從知曉。無怪乎杜甫在〈兵車行〉裡寫道：「生女猶得嫁比鄰，生男埋沒隨百草。君不見，青海頭，古來白骨無人收。新鬼煩冤舊鬼哭，天陰雨溼聲啾啾。」兵荒馬亂的時代，生女孩最好，女孩可以嫁給旁邊的鄰居，守在父母身邊；生男孩不好，隨軍打仗難說生死，死後甚至無人收屍，只能任由其埋沒在雜草間。新鬼喊冤舊鬼哀啼，在雨天裡悲叫聲聲。

安史之亂開始後，戰爭逐漸蔓延到全國，加上唐末接連不斷的農民起義，所以戰事頻發，人民生活苦不堪言。

澤國江山入戰圖，生民何計樂樵蘇。憑君莫話封侯事，一將功成萬骨枯。（曹松〈己亥歲二首〉其一）

曹松說，舉國江山都已經被繪入了戰圖，生靈塗炭，滿目瘡痍。樵為打柴，蘇為割草，合為「生計」之意。百姓靠打柴割草都度日維艱，所謂「寧為太平犬，不為亂世人」說的便是這個道理。顛沛流離，家園離散，基本的生存和安全都出了問題，哪裡還有什麼活著的快樂可言？看到人民生活如此艱難，曹松不免感嘆，千萬不要說什麼封侯拜相的事情了，哪一個將軍的榮譽不是死傷千萬條生命換來的？唐代詩人劉商寫過一首〈行營即事〉：「萬姓厭干戈，三邊尚未和。將軍誇寶劍，功在殺人多。」表達的也是同樣的道理。

曹松的這句「一將功成萬骨枯」，鞭辟入裡，言簡意豐。以「一將」對「萬古」，以「成」對「枯」，將所有戰爭的實質深刻地揭露出來，堆堆白骨，血流成河，顯得格外觸目驚心。戰爭的豪言壯語，依稀還迴盪在人們的耳畔：「匈奴未滅，何以家為！」但那些堆積如山的屍骨，那些望眼欲穿的思婦，都再也沒辦法迎來人間的團圓。

「君子于役，不知其期，曷其至哉？」喪失了完整的家園，還能有什麼人生的希望和幸福呢？

春閨苦，相逢只能在夢中

因舊時女子居住的內室被稱為「深閨」、「香閨」，所以就誕生了描寫她們哀怨憂傷的「閨怨詩」和描寫她們所思所愛的「閨情詩」。閨怨詩中，最著名的當數王昌齡的那首〈閨怨〉。

閨中少婦不知愁，春日凝妝上翠樓。忽見陌頭楊柳色，悔教夫婿覓封侯。

這首詩寫得非常美。

一是有靈動的畫面感。閨中少婦，從來不知憂愁是何物。在春光爛漫的日子裡，塗脂抹粉，盛妝打扮，然後登樓遠眺。雖然唐代禮教不算森嚴，但女子也不能隨便出門，所以只能憑欄眺望。忽然間，她看到路邊新綠的楊柳，正隨風擺動，掃蕩著春日的思緒。少婦心中有些懊惱：真是後悔啊，如此大好春光，自己卻只能獨自欣賞，為什麼要讓丈夫去求覓封侯，從軍遠征呢！

二是有很強的故事性。簡簡單單四句詩，交代了時間、地點、環境、年齡、身分等因素，刻畫了一位妙齡少婦，由起初「不知愁」登「翠樓」，到瞥見楊柳色，再到感嘆寂寞春光無人陪伴的懊惱，完成了「思夫之情」的積蓄與觸發。初讀，令人感覺這閨怨轉折稍快，但細細想來又覺得恰在情理之中。那絲絲愁緒與淡淡哀怨，就這樣被淋漓盡致地刻畫出來。

唐代閨怨詩描寫的多是征婦的情感與生活。雖然主角相同，但由於切入的角度不同，這類詩作常常展現出多種不同的韻味。

打起黃鶯兒，莫教枝上啼。啼時驚妾夢，不得到遼西。

詩人金昌緒這首〈春怨〉寫得活潑有趣，卻也曲折精妙。詩的大意是：一個年輕的少婦起床後，雲鬢偏垂，徑直走到窗前，嗔怒地趕走了清晨中歡快啼叫的黃鶯。

她責怪鳥兒的叫聲驚醒了她的美夢。因為在夢中，她正走在通往遼西的路上。

可想而知，這位少婦已久不見自己的丈夫，白天無法獲得的情感滿足，只能通過夢境來進行心理補償。在夢中，她正走在去往遼西的路上，過往的相思與即將見到心上人的喜悅，凝結成巨大的幸福感。偏在此時，她被黃鶯的叫聲吵醒了。不知熬了多少個日夜，盼了多少回月圓，現實中不能相見的愛人，只能期待在夢中團圓。如今美夢破碎，連虛幻的幸福都無法齊全，所以少婦醒來嗔怒地趕走了這些無辜的鳥兒。

整首詩語言活潑，頗具民歌色彩。跟王昌齡的詩比起來，其特徵更加鮮明。王昌齡的〈閨怨〉層層鋪墊，每句詩都是一幅單獨的畫面，連起來形成一個完整的故事。而金昌緒的〈春怨〉環環相扣，先講結果，再敘前因，頗有點解謎的色彩。不過，〈春怨〉雖將少婦性格刻畫得較為活潑，但背後所蘊藏的懷念征人的寂寞與辛酸，同樣引人深思。人生久別，不勝悲涼，能做歡快活潑語者少，而深懷憂慮惦念者多。

夫戍邊關妾在吳，西風吹妾妾憂夫。一行書信千行淚，寒到君邊衣到無？

唐代女詩人陳玉蘭的〈寄夫〉描寫的正是征婦的憂思。這首詩寫作手法獨特，內在感情強烈，對比中張力十足。丈夫去戍邊了，妻子只能留在家中。西風吹來，寒意來襲，妻子首先想到的，是遠在邊關的丈夫。一行書信，千行熱淚，紙短情長，訴不盡綿綿的情思，無盡的哀怨。隨書信一同寄去的，還有妻子親手做給丈夫的棉衣。可山高路遠，戰火紛飛，不知道丈夫什麼時候才能穿上自己親手縫製的禦寒衣。寒氣恐怕已吹到丈夫身邊，不知道衣服是否已經寄到？在春閨中，遙遠的邊陲的一切都是未知的猜測。唯有記掛與叮嚀，思念與淚水，夜以繼日地陪伴征婦空度青春，苦熬歲月。

唐代詩人對征戰的感情較為複雜。初唐時江山甫定，給詩人們帶來開疆拓土、建功立業的自信與闊達。盛唐時的邊塞詩，交織著雄渾、絢麗、蒼涼、壯美的風景，以及戰爭的慘烈、異域的奇美等，所以呈現出多樣化的詩歌風格。但中唐之後，「縱死猶聞俠骨香」的氣魄日漸消散，幾乎再難尋到。而留在邊塞詩以及春閨詩中較多的，便是獨守空房的寂寞，征人杳無音信造成的焦慮，無望的期盼與孤獨。晚唐時期的閨怨詩，淒婉、纏綿、悲慟欲絕，可謂血淚交織。

誓掃匈奴不顧身，五千貂錦喪胡塵。可憐無定河邊骨，猶是春閨夢裡人。（陳陶〈隴西行〉其二）

陳陶的這首詩，開局氣勢磅礡，唐軍將士決心掃平匈奴，他們奮不顧身，忠誠勇敢，誓死殺敵。不幸的是，五千錦衣貂裘的將士最終戰死沙場。前兩句無論內容還是語言，都寫得慷慨悲壯，感人至深。

但第三句起，筆鋒直接轉向戰爭的殘酷。可憐可嘆呢，那些倒在無定河邊的累累白骨，那些戰死在沙場的精魂，依然是妻子春閨中深深思念的夢中人，是她們日思夜盼等待團聚的心上人。

全詩從最初面對戰爭的昂揚姿態轉到面對戰爭遺骸的哀慟，及至最後一句，少婦不知丈夫已不在人世，午夜夢迴，幾番相遇，互訴相思，醒後還在苦盼相聚，令人不勝唏噓。

古人出門遠征時，妻子多會在征人的衣服裡繡上象徵平安、吉祥的神獸或者花草。還有的女子專門去寺廟為丈夫求「平安符」。在她們心裡，這樣就可以保佑自己的丈夫早點破敵制勝，平安歸來。而後，便是「春日凝妝上翠樓」的哀愁，是清晨夢醒「不得到遼西」的嗔怒，是「寒到君邊衣到無」的無盡牽掛，直到最後，哪怕丈夫已戰死沙場，毫不知情的「她」也依然在痴痴等待。

由此推之，又有多少苦盼兒子歸家的父母，多少未曾涉世的孩童，都在空盼那些早已戰死的征人。多少家庭支離破碎，多少希望瞬間破滅。戰爭的殘忍正在於此。

古人苦，歷史從來多遺憾

以史為鑒，歷來是人們的期待。「歷覽前賢國與家，成由勤儉破由奢。」（李商隱〈詠史〉）

人們喜歡總結治亂興衰的經驗、朝代更迭的規律，以及其間異彩紛呈的生活：帝王將相的凶殘，後宮佳麗的怨妒，安居樂業的理想，浪跡天涯的自由。後世將手中這面歷史的銅鏡，擦得光可鑒人，希望能映出前朝盛衰存亡的預言，提供可以預見的未來。

有趣的是，歷史雖已是既定的事實，但人們對歷史的反思卻截然不同。比如唐人很喜歡追問的熱門話題之一就是如何評判項羽兵敗烏江後的去留問題。

兵散弓殘挫虎威，單槍匹馬突重圍。英雄去盡羞容在，看卻江東不得歸。（汪

遵〈烏江〉）

汪遵的這首詩號稱是詠懷項羽作品中的「扛鼎之作」。第一句寫項羽戰敗，第二句寫項羽戰敗卻不失英雄氣概，第三句寫項羽羞見江東父老，最後一句交代了項羽的結局。全詩悲劇氛圍濃厚，滿是對英雄末路的深切同情。持此論調的詩人為數不少。

爭帝圖王勢已傾，八千兵散楚歌聲。烏江不是無船渡，恥向東吳再起兵。（胡曾〈詠史詩〉）

這首詩先承認了項羽兵敗的事實，交代四面楚歌的困境，繼而描述了烏江岸邊並不是無船渡江，而是項羽恥於向江東再借兵。

當年項羽敗走垓下，烏江亭長勸項羽暫避一時，等待捲土重來的機會。項羽仰天長嘆「天之亡我，我何渡為」，覺得蒼天不庇佑他，且隨他而來的八千江東子弟如今全軍覆沒，他不願一人獨活，更感愧對江東父老，於是他刎頸身亡。「寧為玉碎，不為瓦全」的觀念由此深入人心。後世對項羽的評價，更是確定了其「英雄豪傑」的美譽和基調。連顛沛流離、多愁善感的女詞人李清照都讚其「生當作人傑，死亦為鬼雄」。

但面對眾口一詞的稱頌，杜牧卻在〈題烏江亭〉中寫下了自己迥然不同的觀點。

勝敗兵家事不期，包羞忍恥是男兒。江東子弟多才俊，捲土重來未可知。

在這首詩中，杜牧提出了一個「勝敗乃兵家常事」的主題，並且認為能夠「包羞忍恥」才是真正的男子漢。不僅如此，詩人還為自己的觀點找了充足的論據。他說江東之地藏龍臥虎，人才濟濟，如果項羽能忍耐短暫的羞辱和失敗，回到江東重振旗鼓，他日捲土重來必能成就一番霸業。言外之意，項羽剛愎自用才會錯失良機，實在愧受「英雄」之名。韓信受辱胯下終成一代名將，司馬遷慘受宮刑憤而著《史記》名傳千古，而西楚霸王卻死得這般草率，杜牧對此不勝唏噓。

杜牧是晚唐時期著名詩人，詩作大致分為兩類：一類軟豔香濃，寫走馬章臺醉生夢死的空虛，表達自己懷才不遇的愁苦與無奈；另一類雄姿英發，通過對歷史人物與歷史事件的點評，表達出面對人生應有百折不撓的積極態度，這首〈題烏江亭〉便屬此類。杜牧寫了一系列論史詩作。

折戟沉沙鐵未銷，自將磨洗認前朝。東風不與周郎便，銅雀春深鎖二喬。（〈赤壁〉）

詩的大意是：折斷的兵器埋在泥沙中，雖然日子過了這麼久，仍然沒有銷蝕。拾起來後，經過反覆仔細地磨洗，隱約可以認出，這是前朝赤壁大戰時的遺物。於是，杜牧不禁感慨，假如當年東風不給周瑜以方便，那麼東吳二喬早已被關進曹操的銅雀臺了（大喬是孫策的夫人，小喬是周瑜的夫人，二人皆為東吳美女）。杜牧以二喬的命運來反思戰爭的結局，有對歷史興衰的感慨，也暗示了歷史事件中蘊含的偶然性。

在杜牧看來，歷史存在著極大的偶然性，就像詩裡提到的「東風」。假如重新編排這場歷史大戲，或者那天東風索性沒來，那麼歷史可能就會被重新改寫。

古代戰爭講究「天時地利人和」，所以古人信奉「謀事在人，成事在天」。這也暗示了在歷史的很多「必然規律」中，總是有偶然因素在起著重要的作用。因此，杜牧覺得項羽不該自刎，「留得青山在，不愁沒柴燒」，興衰成敗常常是歷史的一次偶然。

當然，杜牧站在既定的歷史結局處，通過搜尋良機和主觀推測來為歷史翻案，並不能真的尋到可資借鑒的歷史經驗。畢竟，歷史沒有如果，只有結果。但從詩歌角度來說，杜牧的這類詩作，立意新穎，觀點獨特，能夠去追問歷史必然背後的偶然因素，實屬不易。能於眾聲喧譁中發出自己的聲音，更加難得。

多年以後，至和元年（一〇五四年）秋，北宋政治家王安石路過烏江亭，想起杜牧的詩，輾轉徘徊，寫下〈疊題烏江亭〉：

百戰疲勞壯士哀，中原一敗勢難回。江東子弟今雖在，肯與君王捲土來？

王安石站在政治家的角度，從人心向背談戰爭成敗。他說，上百次的戰爭令將士疲勞，軍中士氣低落，中原一戰（指垓下之圍）之後敗勢難以阻擋。即便江東子弟仍在，他們是否還願意跟隨楚霸王捲土重來呢？

如果說杜牧對項羽的翻案充滿了詩人的浪漫想像，那麼王安石對歷史的裁定則充滿了政治家的冷峻與深邃。不管後人如何評說，如何翻案，過去的歷史都無法重演。所以不論結局如何，後人總能從不同角度看出歷史的種種遺憾。

沒有人能對未來瞭若指掌，人們只能不斷擦拭歷史的鏡子，觀古今得失，評歷史成敗，並藉此尋到當下的出路，這也是詠史詩最寶貴的精神了。

百姓苦，世間空餘逃亡屋

中國古代的幾個盛世王朝，幾乎都有一個可資借鑒的成功經驗，就是在建立初期採取了休養生息減免賦稅的政策。因為農業的好壞直接影響著人們的衣食住行，沒有豐富的物質基礎，就不會有穩定的政局，更別說長久安定的統治了。而失敗的教訓也由此而來，當一個朝代氣數將盡時，就會出現繁重的苛捐雜稅，百姓們生活窘困，很多人不得不背井離鄉，過著極為淒慘的生活。社會的動盪因數也由此滋生。唐代末年，隨著盤剝不斷加重，人們生活愈發困苦，寅吃卯糧的事屢見不鮮。唐代詩人以此為題，寫下一首首同情百姓的泣血詩作。

二月賣新絲，五月糶[8]新穀。醫得眼前瘡，剜卻心頭肉。

8 糶：音同「跳」，出售穀物。

我願君王心，化作光明燭。不照綺羅筵，只照逃亡屋。（聶夷中〈傷田家〉）

按理說，春種秋收才是天經地義的事。但是在聶夷中所描述的晚唐時期，這種正常的生存需求顯然已經得不到滿足。二月份正是養蠶的季節，五月份正是插秧的時候，哪裡有新絲、新穀拿出來賣呢？但是不賣又不行。苛捐雜稅多如牛毛，只能將這些還未成熟的絲和沒長成的穀作為抵押物提前出售。這種行為相當於「醫得眼前瘡，剜卻心頭肉」。為了醫好眼前的爛瘡，不得不挖下心頭的好肉。爛瘡未必致命，但挖心肯定會陷入絕境。悲哀的是，明知後果不堪想像，卻無法制止這種慘狀的蔓延。「挖肉補瘡」因此成為這首泣血之作的「詩眼」。

誰都願意悠閒地想著未來，但所有的發展都要以當下的生存為基本條件。在動盪的社會裡，如何能夠活下去，就是首要的問題。至於沒有了新絲和新穀，來年的生活怎麼辦，都是暫時顧不到的事。所以，聶夷中不無悲痛地說：我希望得遇明君，他的心像燭火一樣溫暖、明亮，不照耀達官顯貴們豐盛熱鬧的筵席，而只關心那些流離失所、多災多難的人。

不僅聶夷中如此渴盼明君，唐末許多詩人都表達過這種希望。

壟上扶犁兒，手種腹長饑。窗下投梭女，手織身無衣。

我願燕趙姝，化為嫫母姿。一笑不值錢，自然家國肥。（于濆〈辛苦吟〉）

于濆說，壟上扶著犁耕地的男兒，天天種地應該吃得飽才對，可是卻常常腹中無食，饑餓難耐。窗戶下熟練織布的女子，至少應該穿得暖才對，可是卻往往衣衫單薄，每每受凍。宋代張俞有〈蠶婦〉詩云：「昨日入城市，歸來淚滿巾。遍身羅綺者，不是養蠶人。」那些穿著綾羅綢緞的，都不是養蠶的人。不同的朝代，指向的是同樣的社會慘劇。真正錦衣玉食的人都不是躬耕梭織辛苦勞作之人。

不過，即便于濆將這一現象揭示得如此深刻，在他的詩中，仍然表達了對上層社會的希望。他說，希望以後燕趙之地的美女，都變得和嫫母一樣醜，這樣的話，就不至於「美人一笑值千金」，也不會有「一騎紅塵妃子笑」，國家自然就會慢慢地好起來。

詩中的嫫母乃是黃帝的一位妻子，位列「中國四大醜女」之首。但是她德行俱佳，智慧無比，不但輔佐黃帝治理天下，還幫助黃帝打敗了炎帝，消滅了蚩尤。更有傳說，《黃帝內經》也是出自她手。總之，在詩人眼裡，嫫母是德才兼備能夠母儀天下的好女人。于濆用這一比喻來傳達希望，其實並沒有跳出「紅顏禍水」的思維定式。他對女人美醜德行的判斷，也源於對聖賢君王的渴望。在古人的意識中，所謂有道明君，不但要「親賢臣，遠小人」，還應該遠離美女的誘惑。唯其如此，才能保持純正的價值判斷，不為「妖言」所惑。

無論是聶夷中還是于濆都對賢德明君寄予深切的期望。因為在封建君主制高度發達的時代，天子是國家的最高統帥，是受命於天的存在。若有幸遇到明君，能夠多為百姓謀福祉，對古人來說，就是最大的幸福了。就像杜甫雖然批判社會，說「紈絝不餓死，儒冠多誤身」，但他期待的同樣是「致君堯舜上，再使風俗淳」。所以古代很多知識分子渴望有賢德的君王出現，希望君王不要貪戀美色，能夠起用賢臣，盡心竭力地治理天下。他們表面忠的是「君」，實際上忠的是「民」。

對於一國之君來說，國家大事的確是百年基業。但治亂興衰本就不是一朝一夕之事，經過先皇們一代代的建設或破壞，最終的結局早已成為定數。比如唐憲宗也曾勵精圖治，後世甚至將他治理的那段歷史稱為「元和中興」，但即便如此，盛唐曾經的氣象也已無法重現。偶爾出現的明君作為，不過是迴光返照時的瘋狂掙扎。殘陽如血，氣數將盡，這些詩人的期盼，說到底不過是一場無謂的空想。

但詩人們對社會的抨擊與對百姓的同情從未停止：

春種一粒粟，秋收萬顆子。四海無閒田，農夫猶餓死。（李紳〈憫農〉）

春種秋收，四海沒有空閒的土地，但是農夫到最後還是餓死了。

不論平地與山尖，無限風光盡被占。採得百花成蜜後，為誰辛苦為誰甜？（羅隱〈蜂〉）

辛苦勞作的人們猶如辛勤的蜜蜂，採花釀蜜，自己卻吃不到一口甘甜。

詩人們痛斥社會不公的這些詩篇，深刻揭露了社會弊病。這些「黑暗」未必會發生在詩人們的身上，但他們目睹了百姓的悽苦，心如刀割，便要將此記錄下來。詩人的敏感讓他們對苦難懷有深刻的同情。他們悲天憫人，是幽暗時代裡永不熄滅的精神火種，他們的作品也因此成為萬古流芳的傳世佳作，成為彪炳千古的思想之光。

塵世昏暗，人生悽苦，唯有詩歌的種子，帶著對苦難永恆的悲憫，帶著對生命最深的熱愛與同情，歷千萬劫，破土而出，傳唱至今。而這，正是唐詩留給後人寶貴的精神財富。

國家圖書館出版品預行編目(CIP)資料

花間一壺唐詩酒：輕酌一口，便是百味人生 / 李會詩
著. -- 初版. -- 新北市：晶冠，2021.05
面； 公分. --（新觀點系列；19）
ISBN 978-986-99458-8-2(平裝)

1.唐詩 2.詩評

820.9104 110003906

新觀點 19

花間一壺唐詩酒：輕酌一口，便是百味人生

作　　者　李會詩
行政總編　方柏霖
責任編輯　王逸琦
封面設計　柯俊仰
內頁排版　李純菁
出版企劃　晶冠出版有限公司
總 代 理　旭昇圖書有限公司
電　　話　02-2245-1480（代表號）
傳　　真　02-2245-1479
郵政劃撥　12935041 旭昇圖書有限公司
地　　址　235 新北市中和區中山路二段 352 號 2 樓
E-MAIL　s1686688@ms31.hinet.net
旭昇悅讀網　http://ubooks.tw
印　　製　福霖印刷有限公司
定　　價　新台幣 320 元
出版日期　2021 年 05 月 初版一刷
ISBN-13　978-986-99458-8-2

作品名稱：《花開時節：最風流 醉唐詩》
作者：李會詩
本書經中國人民大學出版社有限公司授權，由晶冠出版有限公司出版繁體中文版本。